KB185587

만남과 이해
한강 문학으로의 초대

만남과 이해
한강 문학으로의 초대

이세훈 지음

N넥스웍

"한강의 '채식주의자'를 읽다가 중간에 멈춘 적이 있나요?"

"소년이 온다'에서 시점이 계속 바뀌어서 혼란스러웠던 경험이 있나요?"

"흰'을 읽고 깊은 감동을 받았는데, 그 이유를 설명하기가 어려웠나요?"

2024년 10월, 한강 작가의 노벨문학상 수상 소식이 전해졌을 때, 나는 서재에서 그의 작품들을 하나씩 꺼내 책상 위에 늘어놓았다.

『채식주의자』, 『소년이 온다』, 『흰』, 『작별하지 않는다』…….

각각의 책들은 마치 오래된 친구처럼 익숙했지만, 동시에 여전히 풀지 못한 수수께끼처럼 신비로웠다.

10년 넘게 독서 토론 모임을 이끌어오면서, 나는 수많은 독자들과 함께 한강의 작품을 읽고 토론했다. 처음에는 작은 카페에서 시작된 모임이 점차 확장되어, 이제는 의사, 교사, 예술가, 회사원 등 다양한 배경을 가진 사람들이 모여 각자의 시선으로 작품을 읽고 해석하는 풍성한 장이 되었다.

그 과정에서 나는 흥미로운 사실을 발견했다. 같은 작품도 읽는 이의 배경과 경험에 따라 전혀 다른 의미로 다가온다는 점이다. 『채식주의자』를 읽은 정신과 의사는 영혜의 행동을 정신의학적 관점에서 분석했고, 미술 교사는 작품 속 몸과 예술의 관계에 주목했으며, 직장인들은 일상 속 폭력과 억압의 문제를 발견했다.

이처럼 다양한 시선들이 모여 한강의 작품은 더욱 깊이 있게 읽혔다. 하지만 동시에 많은 독자들이 어려움을 호소했다.

"처음부터 너무 어려워서 포기했어요."
"이 장면이 무슨 의미인지 모르겠어요."
"혼자 읽기에는 너무 막막해요."

이런 이야기들을 들을 때마다, 나는 생각했다. 한강의 작품이 가진 깊이와 아름다움을 더 많은 사람들과 나눌 수 있는 방법은 없을까?

이 책은 그런 고민 끝에 탄생했다. 10년 넘게 독서 모임 운영 경험과 1,500명 이상의 독자들과 나눈 대화를 바탕으로, 한강의 작품을 더 쉽고 깊이 있게 읽을 수 있는 방법을 정리했다. 이는 단순한 작품 해설서가 아니다. 다양한 배경을 가진 독자들의 생생한 독서 체험과 전문가들의 깊이 있는 해석, 그리고 현장에서 직접 검증된 독서법을 담았다.

깊이 읽기: 한강 작품의 길잡이

한강의 작품은 왜 어렵게 느껴질까? 독서 모임을 진행하면서 가장 먼저 부딪힌 질문이었다. 『채식주의자』를 예로 들어보자. 처음 이 작품을 접한 독자들은 대부분 영혜의 극단적인 선택에 당혹감을 느낀다. 평범한 주부였던 여성이 어느 날 갑자기 고기를 거부하고, 점차 식물이 되어가려 하는 과정은 쉽게 이해하기 어려운 설정이다.

하지만 정신과 의사인 이준호 선생은 이렇게 말한다.

"영혜의 거식증은 단순한 병리 현상이 아닙니다. 그것은 세상의 폭력성에 대한 육체의 저항이자, 자기 결정권을 향한 극단적 몸부림입니다."

미술교사 김선미 선생은 또 다른 관점을 제시한다.

"영혜의 몸에 그려지는 꽃은 억압된 예술성의 표현이자, 자유를 향한 은밀한 몸짓입니다."

이처럼 각자의 전문성을 바탕으로 한 해석들이 모여, 작품은 더욱 입체적으로 다가온다. 『소년이 온다』를 읽을 때도 마찬가지다. 역사교사 강민수 선생은 5·18 광주의 현장을 직접 걸으며 학생들과 함께 읽는다.

"동호가 걸었던 거리를 따라가며 읽을 때, 역사는 더 이상 추상적인 사실이 아닌 구체적인 개인의 이야기가 됩니다."

『흰』을 읽을 때는 사진작가 최진영 씨의 시선이 특별했다. 그는 일상에서 마주치는 하얀 것들을 카메라에 담기 시작했다.

"처음에는 그저 색에 불과했던 것들이, 조금씩 다른 의미로 다가왔습니다. 매일 아침 마시는 우유, 병원 복도의 형광등, 첫눈이 쌓인 풍경…… 모든 하얀 것들이 각자의 이야기를 들려주기 시작했죠."

『작별하지 않는다』는 제주 4·3의 아픔을 다룬다. 이 작품을 읽으며 우리 독서 모임은 제주도를 찾았다. 바닷가에 앉아 책을 읽고, 현장을 걸으며, 역사의 상처가 어떻게 현재까지 이어지는지, 그리고 그것을 어떻게 치유할 수 있을지 함께 고민했다.

함께 걷는 여정: 깊이 있는 독서를 위하여

이런 경험들을 바탕으로, 우리는 한강의 작품을 더 깊이 읽을 수 있는 몇 가지 방법을 발견했다.

첫째, 작품 선택이 중요하다. 처음부터 『채식주의자』와 같이 난해한 작품으로 시작하면 중도에 포기할 가능성이 높다. 대신 『흰』과 같이 상대적으로 접근하기 쉬운 작품부터 시작하는 것이 좋다. 짧은 호흡의 글들로 이루어진 이 작품은, 한강의 문체와 감성에 천천히 익숙해질 수 있다.

둘째, 작품을 읽는 순서와 방법도 중요하다. 『소년이 온다』를 읽기 전에는 기본적인 역사적 배경을 이해하는 방식이 좋다. 하지만 역사적 사실에 너무 매몰되면 오히려 작품의 문학적 가치를 놓칠 수 있다. 우리는 역사적 사실을 바탕으로 하되, 개인의 내면과 감정에 더 주목하며 읽는다. 동호의 마지막 순간, 은숙의 트라우마, 그리고 살아남은 자들의 고통…… 이런 개인의 이야기를 통해 역사는 더욱 생생하게 다가온다.

셋째, 함께 읽는 것이 중요하다. 혼자 읽을 때는 발견하지 못했던 의미들이 다른 사람들과의 대화 속에서 새롭게 발견된다. 예를 들어 『채식주의자』를 읽은 후 우리 모임에서는 이런 대화가 오갔다.

"영혜의 채식이 단순한 식습관의 변화가 아니라는 걸 알게 되었어요. 그것은 우리 사회의 폭력성에 대한 저항이자, 자유를 향한 몸부림이었죠."

넷째, 현장을 찾아가는 것도 도움이 된다. 광주의 거리를 걷고, 제주의 바다를 바라보며 읽을 때 작품은 전혀 다른 의미로 다가온다. 실제로 우리 독서 모임의 많은 회원들이 작품의 배경이 된 장소들을 방문하며 더 깊은 이해와 공감을 얻었다고 말한다.

다섯째, 기록하는 습관이 필요하다. 인상 깊은 구절을 메모하고, 떠오르는 생각들을 적어두면 작품과 더 깊은 대화를 나눌 수 있다. 우리 모임의 회원들에게 각자만의 방식으로 독서 일기를 쓰라고 권장한다. 누군가는 마음에 와닿는 문장들을 옮겨 적고, 누군가는 자신의 경험과 연결지어 글을 쓴다.

이 책은 이러한 경험과 노하우를 담았다. 각 작품별로 구체적인 읽기 방법과 토론 주제를 제시하고, 전문가들의 다양한 해석을 소개하며, 현장 방문 가이드까지 제공한다. 또한 독서 모임을 운영하는 데 필요한 실전 팁과 주의사항도 상세히 다루었다.

한강의 작품은 결코 쉽지 않다. 하지만 그만큼 깊이 있는 통찰과 감동을 준다. 『채식주의자』를 통해 우리는 개인의 자유와 사회의 폭력성에 대해 생각하게 되고, 『소년이 온다』를 통해 역사의 상처와 인간 존엄성의 의미를 되새기게 된다. 『흰』은 상실과 치유에 대한 깊은 사색을 이끌어내고, 『작별하지 않는다』는 화해와 용서의 가능성을 보여준다.

더욱 고무적인 것은, 이러한 한강의 문학이 이제 세계적으로 인정받고 있다는 점이다. 2016년 맨부커상 수상에 이어 2024년 노벨문학상 수상은 그녀의 문학이 지닌 보편성과 예술성을 입증하고도 남는다. 한국의 구체적인 현실을 다루면서도 인간 존재의 근원적 문제를 탐구하는 그녀의 작품들은, 이제 30개 이상의 언어로 번역되어 전 세계 독자들과 만나고 있다.

이 책이 당신의 한강 문학 여정에 믿음직한 동반자가 되기를 바란다. 때로는 길잡이로, 때로는 대화 상대로, 그리고 때로는 위로자로…… 당신이 한강의 작품 세계를 더욱 깊이 있게 경험하고, 그 속에서 자신만의 의미를 발견하는 데 도움이 되길 소망한다.

자, 이제 함께 떠나보자. 한강의 문장들이 우리를 어떤 세계로 이끌어갈지, 어떤 질문들을 던져줄지, 그리고 우리의 삶에 어떤 변화를 가져다줄지…… 그 여정이 비록 쉽지는 않겠지만, 분명 우리를 더 나은 독자로, 더 나은 인간으로 성장하게 해줄 것이다.

20년간 독서 모임을 이끌며 매주 목요일 저녁, 의사, 교사, 변호사, 예술가들이 모여 한강의 작품을 함께 읽었다. 『채식주의자』를 읽을 때는 정신과 의사가 영혜의 내면을, 미술교사가 몸과 예술의 관계를 들려주었다. 『소년이 온다』를 읽으며 광주를 방문했고, 『작별하지 않는다』를 듣고 제주 바다에 앉아 새벽을 맞았다.

이 책은 그렇게 쌓인 기록이다. 매주 토론장에서 나온 질문들, 각 분야 전문가들의 통찰, 현장 방문에서 얻은 깨달음…… 한강의 작품을 더 깊이 읽고 싶은 독자들을 위해, 우리가 발견한 길들을 정성스럽게 담았다.

이 책에서 당신은 아래 내용을 만나 볼 수 있다.

- 시작이 막막한 독자를 위한 작품별 입문 가이드
- 각 분야 전문가들이 들려주는 작품 해석
- 광주, 제주 등 현장 체험 기반의 작품 이해법
- 150회 이상의 독서 모임에서 검증된 토론 질문들
- 혼자서도 깊이 읽을 수 있는 독서 노트 작성법

이제, 더 이상 혼자 고민하지 말자.
당신의 깊이 있는 독서를 위한 진정성 있는 안내서가 될 것이다.

목차

1부
한강 작가를 알아야
작품이 제대로 보인다

1장
나의 한강 작가 입덕기: 작품과의 첫 만남, 그리고 이끌림

2장
한강의 문학 세계를 열다: 작가와 작품의 심층 탐구

3장
한강 문학의 미답지: 우리가 상상하는 작가와 작품의 이면

2부
함께 읽으면,
더 깊게 이해하고 공감할 수 있다

한강 작가를 알아야
작품이 제대로 보인다

1장

나의 한강 작가 입덕기:

작품과의 첫 만남,
그리고 이끌림

1

첫 만남은 운명처럼 :
나를 사로잡았던 한강 작가의 첫 번째 작품

✦

2024년 10월, 노벨문학상 수상 소식과 함께 많은 이들이 한강의 작품을 찾아 읽기 시작했지만, 나의 첫 만남은 그보다 훨씬 이전이었다. 어느 겨울날 밤, 퇴근길 지하철역 근처 작은 서점에서 '흰'을 발견했던 그 때를 나는 아직도 생생히 기억한다. 그날따라 회사에서 있었던 일들로 마음이 몹시 복잡했다. 팀장과의 갈등, 프로젝트 데드라인, 동료와의 불화까지. 마치 봇짐 하나 제대로 챙기지 않고, 속세를 떠나 출가라도 하듯 서점으로 발걸음을 옮겼다.

베스트셀러 코너를 둘러보다가 문득 한 권의 책이 눈에 들어왔다. 표지는 단순했다. 하얀 바탕에 검은 글씨로 '흰'이라고만 쓰여 있었다. 평소 같았으면 그냥 지나쳤을 책이었다. 하지만 그날따라 그 단순한 표지가 나를 강하게 끌어당겼다. 책을 집어 들었을 때 느껴진 질감이 특별했다. 차갑지 않고 따스한, 마치 오래된 천의 감촉 같았다.

　무심코 첫 페이지를 펼쳤는데, 첫 문장이 나를 사로잡아버려 그만 책을 덮을 수 없었다. 서점 한구석에 쪼그려 앉아 나는 밤늦도록 책을 읽었다. 하얀 것들의 목록이 하나둘 늘어갈수록, 내 마음속에도 무언가가 하얗게 채워지는 듯했다. 갓난아기의 배냇저고리부터 수의까지, 삶의 처음과 끝을 관통하는 '하얀 것들'을 따라가다 보니 어느새 눈시울이 붉어져 있었다.

　그날 이후로 나의 일상은 완전히 달라졌다. 평범했던 하루하루가 특별해지기 시작했다. 아침 출근길에 마주치는 서리 낀 나뭇가지, 사무실 창가에 내리는 첫눈, 점심시간의 하얀 접시, 저녁 무렵의 달빛까지. 모든 하얀 것들이 새롭게 보였다. 심지어 회사 복사기의 하얀 종이까지도 의미 있게 느껴졌다. 한강의 문장들은 그렇게 조용히, 그러나 강력하게 내 삶에 스며들었다.

　주말마다 서점을 찾아다니며 한강의 다른 작품들도 읽기 시작했다. '채식주의자'의 충격적인 "나는 꿈을 꾸었다"에서 시작해 '소년이 온다'의 가슴 아픈 이야기들까지. 한 권 한 권 읽을 때마다 내 안의 무언가가 조금씩 변화하는 것을 느꼈다. 세상을 보는 눈이 달라졌고, 사람들의 표정에서 더 많은 것을 읽게 되었다.

'채식주의자'의 영혜를 만났을 때는 며칠 밤을 뒤척였다. 그녀의 단호한 거부와 침묵의 저항이 자꾸만 머릿속을 맴돌았다. 평화롭게만 보이는 일상 속에 숨어 있는 폭력성을 영혜는 어떻게 발견했을까. 그리고 나는 그동안 얼마나 많은 것들을 보지 못한 채 살아왔을까. 문득 우리 가족의 식탁을 떠올렸다. 매일 아침 고기를 굽는 엄마, 그것을 당연하게 받아들이는 우리들. 처음으로 그 당연함에 의문을 품게 되었다.

'소년이 온다'는 휴가 중에 읽었다. 회사를 다니면서 도저히 이 책을 읽을 수 없을 것 같았다. 첫 장을 넘기는 순간부터 이미 눈물이 고였다. 사흘 동안 거의 밖에 나가지 않고 책만 읽었다. 중간중간 책을 덮고 한참을 멍하니 있기도 했다. 동호의 목소리, 그의 마지막 순간들, 살아남은 자들의 증언…… 모든 문장이 가슴을 후벼팠다.

한 달 뒤, 나는 광주행 기차표를 끊었다. '소년이 온다'를 다시 한번 읽기 위해서였다. 옛 도청 앞 광장에 앉아 책을 펼쳤다. 이번에는 전혀 다른 책을 읽는 것 같았다. 동호가 걸었을 거리를 걸으며, 그가 마지막으로 보았을 하늘을 올려다보며, 그의 이야기를 다시 읽었다. 돌아오는 기차에서는 창밖만 바라보았다. 무언가를 말하고 싶었지만, 아무 말도 할 수 없었다.

작품을 읽을 때마다 독서 노트를 작성하기 시작했다. 처음에는 마음에 드는 문장을 옮겨 적는 정도였다. 하지만 점차 나만의 생각과 감정을 기록하게 되었다. 때로는 작가에게 편지를 쓰기도 했다.

"이 장면을 어떻게 이렇게 쓸 수 있었나요?"

"이 인물은 지금 어디에 있을까요?"

"이 결말은 무엇을 의미하나요?"

날씨가 좋은 주말이면 한강의 책을 들고 한강변으로 나갔다. 강물을 보며 '작별하지 않는다'를 읽었다. 물결 소리를 들으며 정은과 정윤의 이야기에 빠져들었다. 때로는 책을 덮고 강물만 한참 바라보았다. 어쩌면 작가도 이렇게 강을 보며 글을 썼을지도 모른다는 생각이 들었다.

집 근처 작은 독립서점 주인과도 친해졌다. 한강의 신작이 나올 때마다 따로 한 권을 챙겨두어 주었다.

"이번에는 또 어떤 이야기일까요?"

설레는 마음으로 책을 받아들곤 했다. 서점 한편의 낡은 의자는 어느새 나의 아지트가 되었다.

매일 밤 잠들기 전, 한강의 문장들을 다시 읽는 것이 습관이 되었다. 특히 힘든 하루를 보낸 날이면 '흰'을 펼쳤다. 하얀 것들의 목록을 따라가다 보면 마음이 차분해졌다. 주말에는 서울 곳곳을 돌아다니며 작품 속 장소들을 찾아다녔다. '채식주의자'의 배경이 된 것 같은 아파트 단지, '소년이 온다'에 나오는 거리들, '작별하지 않는다'의 한강 다리까지.

제주도 여행도 작품과 함께였다. '작별하지 않는다'를 가방에 넣어 섬을 돌아다녔다. 바닷가에 앉아 책을 읽다가 문득 고개를 들어 파도를 바라보았다. 인선과 경하가 보았을 바다와 같은 바다. 그들의 아픔이, 그리고 그 아픔을 넘어서려는 의지가 파도 소리에 실려 오는 것 같았다.

지하철에서도 우연히 한강의 책을 읽고 있는 사람을 발견하면 반가워진다. 모르는 사람인데도 같은 책을 읽고 있다는 이유만으로 친근감이 든다. 가끔은 그들에게 다가가 이야기를 나누고 싶은 충동을 느끼기도 한다.

"이 장면에서 어떤 생각이 드셨나요?"

"이 인물은 왜 이런 선택을 했을까요?"

노트 앱에는 한강의 작품에서 발견한 문장들이 가득하다. 출퇴근 길에 문득 떠오르는 생각들, 작품을 읽으며 느낀 감정들도 함께 기록했다. 이제 그 기록만으로도 작은 책 한 권이 될 것 같다. 나만의 한강 독서 일기라고 할까. 때로는 그 기록들을 읽으며 내가 얼마나 변화했는지 깨닫기도 한다.

처음 '흰'을 발견했던 그날, 나는 몰랐다. 이 만남이 내 삶을 이토록 바꿔놓을 줄은. 이제 나는 매일 아침 하얀 것들을 찾아본다. 출근길의 새하얀 안개, 사무실 창가에 내리는 눈, 퇴근길에 마주치는 하얀 고양이까지. 세상은 이토록 하얀 것들로 가득하다. 한강이 아니었다면, 나는이 하얀 것들을 언제까지 그냥 지나쳤을까.

2024년 10월 초, 한강의 노벨문학상 수상 소식을 들었을 때 나도모르게 눈가가 촉촉해졌다. 서재에 있는 그의 책들을 한 권 한 권 쓰다듬으며, 처음 '흰'을 만났던 그날을 떠올렸다. 그때의 나는 몰랐다. 어느 겨울밤, 작은 서점에서의 우연한 만남이 내 인생의 전환점이 될 줄은.

이제 한강의 작품은 나의 일부가 되었다. 매일 아침 하얀 것들을발견하고, 지하철에서 마주치는 사람들의 표정에서 영혜를 떠올리고, 봄날의 배롱나무 아래서 동호를 생각한다. 무심코 지나쳤던 순간들이특별해졌고, 당연하게 여겼던 것들에 의문을 품게 되었다.

그의 다음 작품을 기다리는 것이 나의 새로운 삶의 낙이 되었다. 한강 작가의 작품 속 인물들이 어떤 이야기를 들려줄지, 어떤 질문을 던질지, 설렘 반 두려움 반으로 기다린다. 그때까지 나는 계속해서 하얀 것들의 목록을 써내려갈 것이다. 한강이 내게 삶에 대한 통찰에 힌트들을주기도 하고, 때로 그녀와 작품 속 인물들이 가르쳐준 방식으로, 세상을더 깊이 바라보며.

2
한강의 작품 속에 아로새겨진
삶의 흔적들

✖

한강의 작품을 읽다 보면 작품과 내 삶이 어딘가에서 만난다. 그의 소설 속 문장들은 조용히 다가와 내 일상을 새롭게 바라보게 만든다. 마치 오래된 거울을 닦아내듯, 그의 작품은 내가 미처 보지 못했던 삶의 면면들을 비춰준다.

초기 작품들을 접하며 인간의 내면을 들여다보는 작가의 시선을 발견했다. 『여수의 사랑』에서는 일상 속 외로움이, 『내 여자의 열매』에서는 도시인의 소외감이 내 마음에 울렸다. 나무로 변해가는 인물의 모습에서 현대를 살아가는 우리의 모습을 보았다. 특히 도시의 빌딩숲을 걸을 때마다 『내 여자의 열매』의 한 구절이 떠오른다. 우리도 모르는 사이 조금씩 메말라가고 있는 건 아닐까, 하는 생각이 들 때면 발걸음을 멈추고 주변을 둘러보게 된다.

『채식주의자』는 내게 다른 차원의 질문을 던져주었다. 영혜의 선택이 단순한 식습관의 변화가 아님을 알았다. 그녀가 "나는 나무가 되고 싶어요."라고 말할 때, 우리 사회의 폭력성에 대한 언뜻 작아 보이지만 의미 있는 저항을 읽었다. 일상 속에 숨어 있는 여러 형태의 폭력들이 눈앞에 짙은 안개가 걷히듯 조금씩 보이기 시작했다. 회식 자리에서 오가는 관습으로 굳어진 버린 강요들, 가족 모임에서 조언이라는 미명하에 은근한 압박들, 직장에서의 보이지 않는 불필요한 위계의 행사까지. 영혜처럼 나도 이런 일상의 폭력들에 의문을 던지기 시작했다.

『소년이 온다』는 내게 역사의 의미를 되새기게 했다. 동호의 이야기를 읽으며 광주를 찾았다. 그가 걸었을 거리를 걸으며 역사가 교과서에 몇 줄로 남겨진 과거의 사건이 아닌, 구체적 개인의 삶에 영향을 줄 수 있음을 깨달았다. 옛 도청 앞에서 한참을 서 있었다. 이제 뉴스의 숫자들 속에서 한 사람 한 사람의 이야기를 본다. 시위 현장의 사진 한 장에도 수많은 개인의 삶이 담겨있음을 안다. 광주에서 돌아온 후, 나는 도청 앞에서 찍은 사진을 책상 위에 놓았다. 역사를 기억한다는 건 통계나 연대기가 아닌, 사람들의 이야기를 기억하는 일임을 잊지 않기 위해서다.

『흰』은 일상의 풍경을 새롭게 보는 눈을 열어주었다. 안개 낀 아침, 창가의 눈, 저녁의 달빛까지…… 평범한 하얀 사물과 배경들이 각자의 이야기를 들려주기 시작했다. 일상의 순간들이 새로운 의미를 가지게 된 것이다. 이제 흰색은 단순한 색이 아닌, 삶의 순간들을 담는 그릇이자 비추는 거울이 되었다.

『작별하지 않는다』를 들고 제주 바다를 걸었다. 인선과 경하의 이야기를 읽으며 역사의 상처가 어떻게 개인의 삶으로 이어지는지 보았다. 파도 소리를 들으며 치유와 화해의 가능성을 생각했다. 제주의 돌담 길을 걸으며 그들의 발자취를 따라가 보았다. 같은 바다를 보고, 같은 길을 걸으며 역사의 무게를 느꼈다. 섬을 한 바퀴 돌고 나니 책 속의 풍경과 실제의 풍경이 겹쳐 보였다. 그들의 아픔이, 그리고 그 아픔을 넘어서려는 의지가 파도 소리에 실려 오는 듯했다.

한강의 작품들은 이제 내 서재에서 특별한 자리를 차지한다. 책등이 닳도록 읽은 『채식주의자』, 눈물에 젖어 구겨진 『흰』, 메모가 가득한 『소년이 온다』 각각의 책들은 내 독서 시간의 흔적을 담고 있다. 때로는 한 구절을 되새기며 밤을 지새웠고, 때로는 책을 베개 삼아 잠들기도 했다. 포스트잇이 가득 붙은 페이지들은 내가 특별히 마음에 담아둔 순간들을 표시한다. 책장을 넘길 때마다 그때의 감정이 되살아난다.

대중교통에서 책 읽는 사람을 만나는 일이 이제 흔하지 않지만, 버스에서도 한강의 책을 읽는 사람을 만나면 오히려 더 반갑다. 한강의 작품 속에서 각자 등장인물들을 만난 그들도 나처럼 이 작품들을 통해 세상을 새롭게 보고 있을까 궁금해진다. 어느 날은 내 옆자리에 앉은 학생이 『소년이 온다』를 읽고 있었다. 그 학생의 손가락이 특정 구절에서 오래 머물렀다. 나도 그 장면에서 한참을 머물렀었다. 무언의 교감을 나누는 기분이었다. 또 다른 날은 『채식주의자』를 읽던 중년 여성과 눈이 마주쳤다. 서로 빙그레 웃으며 고개를 끄덕였다. 말을 나누지 않아도 통하는 무언가가 있었다.

내 휴대폰 메모장과 종이 노트에는 작품을 읽으며 떠오른 생각들이 가득하다. 일상의 순간들, 사회의 모습들, 역사의 의미까지. 한강의 작품은 늘 새로운 관점을 제시하고, 그것은 다시 내 생각이 되어간다. 메모들을 다시 읽어보면 그때의 감정이 생생하게 되살아난다. "오늘 아침 안개가 『흰』의 한 장면 같았다", "점심시간에 동료들과 나눈 대화가 『채식주의자』의 한 구절을 떠올리게 했다", "저녁 뉴스를 보며 『소년이 온다』의 동호를 생각했다"…… 이런 기록들이 쌓여 내 삶의 일부가 되어간다.

퇴근 후 동네 독립서점에도 자주 들른다. 한강의 코너에서 새로운 독자들과 마주치는 일이 즐겁다. 『채식주의자』를 고르는 대학생에게 살짝『흰』도 추천해주고 싶어진다.『소년이 온다』를 망설이며 보는 중년 남성에게 용기를 주고 싶다. 때로는 서점 주인과 이야기를 나누며 각자의 독서 체험을 공유하기도 한다.

이렇게 한강의 문학은 내 삶의 일부가 되었다. 매일 아침 하얀 것들을 발견하고, 출근길에서 마주치는 표정들에 관심을 기울이고, 뉴스 속 작은 이야기들을 놓치지 않으려 한다. 사무실 창가에 내린 첫눈을 보며『흰』의 한 구절을 떠올리고, 회식 자리에서『채식주의자』의 영혜를 생각한다. 주말에는 광화문을 걸으며『소년이 온다』의 장면들을 되새긴다. 그의 작품이 가르쳐준 방식으로, 세상을 더 깊이 들여다본다.

작품과의 만남은 계속된다. 다음 이야기가 어떤 질문을 던질지, 어떤 시선을 제시할지 기다린다. 내 책상 한편에는 항상 한강의 책이 놓여있다. 피곤한 하루 끝에 한 구절만 읽어도 마음이 단단해진다. 때로는 불편한 진실을 마주하게 되더라도, 그 불편함을 통해 나는 조금씩 성장한다. 한강의 작품을 통해 발견한 새로운 시선들이 내 삶을 조금씩 변화시켜가고 있다.

3
한강 작가, 나에게 어떤 의미인가:
작가와 작품이 내 삶에 미친 영향

✶

한강 작가의 작품을 만나기 전, 나는 세상을 흑백으로만 바라보는 사람이었다. 좋고 싫음, 옳고 그름, 행복과 불행으로 모든 것을 이분법적으로 나누고 판단하며 살았다. 세상은 단순하고 명확했으며, 복잡한 문제들에 대해 깊이 생각하지 않았다. 하지만 그녀의 작품들은 마치 내 눈에 컬러 렌즈를 끼워준 듯, 세상을 다채로운 색깔로 바라볼 수 있게 해주었다. 삶의 복잡성과 다양성을 이해하게 되었고, 인간의 내면에 숨겨진 다양한 감정들을 발견하게 되었다. 이전에는 보이지 않던 수많은 색깔이 세상을 채우고 있었다.

예전에는 그저 무심코 지나쳤던 사람들의 이야기에 귀를 기울이게 되었다. 뉴스에서 흘러나오는 사건 사고들, 주변 사람들의 고민과 아품들이 더 이상 남의 일처럼 느껴지지 않았다. 예를 들어, 예전에는 지하철에서 구걸하는 사람들을 보면 '왜 저렇게 살까?' 하는 생각이 먼저 들었지만, '소년이 온다'를 읽고 난 후에는 그들의 삶 이면에 어떤 고통과 슬픔이 있을지 상상하게 되었다. 그들의 아픔에 공감하고, 그들의 삶을 이해하려고 노력하면서 나 자신도 조금씩 성장하는 것을 느꼈다. 나의 작은 변화들이 더 나은 세상을 만드는 데 도움이 될 수 있을 거라는 희망도 갖게 되었다.

한강 작가의 작품들은 나에게 '공감'의 힘을 가르쳐 주었다. '채식주의자'의 영혜를 통해서는 사회적 억압과 폭력에 고통받는 사람들의 아픔을, 특히 여성들이 겪는 차별과 억압에 대해 깊이 생각하게 되었다. 영혜가 겪는 고통은 단순히 개인적인 문제가 아니라, 우리 사회의 구조적인 문제와 연결되어 있다는 것을 깨달았다. '소년이 온다'의 동호를 통해서는 역사의 아픔과 상처를, 그리고 그 아픔을 다음 세대에 어떻게 전달해야 할지 고민하게 되었다. 단순히 역사적 사실을 암기하는 것이 아니라, 그 속에 담긴 사람들의 고통과 슬픔을 기억해야 한다는 것을 배웠다. '작별하지 않는다'의 경하와 인선을 통해서는 과거의 상처를 딛고 화해와 용서를 향해 나아가는 사람들의 용기를 보았다. 그들의 이야기는 나에게 과거의 아픔을 극복하고 미래를 향해 나아갈 수 있는 힘을 주었다. 그들의 이야기에 공감하면서, 나는 세상을 더 넓고 깊이 있게 이해하게 되었다.

또한 한강 작가의 작품들은 나에게 '위로'를 선물해 주었다. 힘들고 지칠 때, 그녀의 작품들을 읽으면 마치 따뜻한 손길로 마음을 어루만져 주는 듯한 위로를 받았다. '흰'에서 아이를 잃은 엄마의 슬픔을 통해서는 나 자신의 상실과 아픔을, 그리고 그 아픔을 극복하고 다시 살아갈 수 있는 용기를 얻었다. '채식주의자'에서 영혜의 고독을 통해서는 나 자신의 외로움과 고독을, 그리고 그 속에서 나 자신을 지켜낼 수 있는 힘을 발견했다. '소년이 온다'에서 살아남은 자들의 고통을 통해서는 나 자신의 죄책감과 무력감을 마주할 수 있었다. 그리고 그 아픔을 극복하고 세상을 향해 나아갈 수 있는 용기를 얻었다. 그들의 아픔을 함께 나누면서, 나는 나 자신의 아픔을 치유하고 다시 일어설 힘을 얻었다.

나를 변화시킨 한강 작가의 힘

한강 작가의 작품들은 나에게 '성찰'의 시간을 선물해 주었다. 그녀의 작품들은 삶의 본질적인 질문들을 끊임없이 던지며, 나 자신을 되돌아보고 삶의 의미와 가치에 대해 고민하게 만들었다. '흰'에서는 삶과 죽음의 경계, 그리고 그 경계에서 피어나는 삶의 아름다움을 발견했다. 죽음은 단순히 끝이 아니라, 새로운 시작일 수도 있다는 깨달음을 얻었다. '채식주의자'에서는 인간 존재의 본질, 그리고 사회가 개인에게 가하는 폭력의 심각성을 인지하게 되었다. '소년이 온다'에서는 역사와 기억의 의미, 그리고 역사의 아픔을 기억하고 되풀이하지 않기 위해 우리가 무엇을 해야 할지 고민하게 되었다. '작별하지 않는다'에서는 화해와 용서의 가치를 탐구하면서, 나는 삶에 대한 더 깊은 이해에 도달할 수 있었다.

뿐만 아니라, 한강 작가의 작품들은 나에게 '용기'를 주었다. 그녀의 작품 속 주인공들은 고통과 역경 속에서도 희망을 잃지 않고 자신의 삶을 살아간다. '채식주의자'의 영혜는 사회의 억압에 맞서 자신의 신념을 지키려 하고, 비록 그녀의 저항 방식이 극단적이기는 하지만, 자신의 목소리를 내려는 그녀의 용기는 나에게 깊은 인상을 남겼다. '소년이 온다'의 동호는 죽음 앞에서도 용기를 잃지 않으며, 그의 용기는 나에게 어려움 속에서도 희망을 잃지 말아야 한다는 메시지를 전달해 주었다. '작별하지 않는다'의 경하와 인선은 과거의 아픔을 딛고 새로운 삶을 향해 나아간다. 그들의 모습은 나에게 과거의 상처에 매몰되지 않고 미래를 향해 나아갈 수 있는 용기를 주었다. 그들의 모습을 보면서 나도 어려움에 굴하지 않고 용기 있게 살아갈 힘을 얻었다.

한강 작가의 작품들은 나에게 '희망'을 보여주었다. 그녀의 작품들은 고통과 슬픔, 절망 속에서도 희망의 빛을 잃지 않는다. '흰'에서는 죽음을 통해 삶의 아름다움을, '채식주의자'에서는 고통을 통해 자유를, '소년이 온다'에서는 아픔을 통해 연대를, '작별하지 않는다'에서는 상처를 통해 화해를 발견한다. 그녀의 작품들은 마치 어두운 터널 끝에서 비추는 한 줄기 빛처럼, 나에게 삶의 희망과 용기를 주었다. 그녀의 작품들은 어둠 속에서 길을 잃은 나에게 희망의 등불을 비춰주었다.

이처럼 한강 작가의 작품들은 나에게 '공감', '위로', '성찰', '용기', '희망'을 선물해 주었다. 그녀의 작품들을 통해 나는 세상을 더 깊이 이해하게 되었고, 나 자신을 더 사랑하게 되었으며, 삶의 의미와 가치를 발견할 수 있었다. 한강 작가는 나에게 단순한 작가가 아니라, 삶의 스승이자 동반자이다. 그녀의 작품들은 나의 삶에 깊은 영향을 주었으며, 나를 더 나은 사람으로 성장시켜 주었다.

앞으로도 나는 그녀의 작품들을 곁에 두고, 삶의 여정을 함께 걸어갈 것이다.

4

나의 '최애' 한강 작품과 그 이유:

한 소년이 내게로 왔다

✖

한강 작가의 여러 작품 중에서도 나에게 가장 큰 울림을 준 작품은 '소년이 온다'이다. 처음 이 책을 발견한 것은 어느 봄날 저녁, 퇴근길 서점에서였다. 5·18 광주 민주화 운동을 다룬 소설이라는 것을 알고 망설였다. 무거운 역사를 다룬 소설을 읽을 마음의 준비가 되어 있을까 하는 걱정이 들었다. 하지만 첫 페이지를 펼치는 순간, 그 걱정은 기우였음을 알게 되었다.

책의 첫 문장부터 심장이 멎는 듯했다. 죽은 소년의 목소리로 시작되는 이야기는 나를 순식간에 그 시간과 공간으로 데려갔다. 지하철에서 읽다가 눈물이 나서 그만 내려야 했다. 결국 그날 밤부터 금요일 하루 연차를 쓰고 나흘 동안 꼬박 집에서 책을 읽었다. 밤새도록 책을 읽으면서 수시로 책을 덮고 생각에 잠겼다. 창밖을 바라보며 동호의 마지막 순간을, 정대의 죄책감을, 은숙의 고통을 곱씹었다.

소설은 5·18 당시 계엄군에 의해 희생된 중학생 동호와 그 주변 인물들의 이야기를 여러 시점에서 들려준다. 동호의 죽음을 시작으로, 친구 정대의 죄책감, 시민군으로 참여했던 은숙의 경험, 시체를 닦는 소녀의 이야기까지. 각각의 이야기는 서로 다른 자리에서 그날의 광주를 보여준다. 한 사람 한 사람의 이야기를 읽을 때마다 가슴이 먹먹해졌다.

책을 다 읽고 나서 일주일 후, 나는 광주행 기차표를 예매했다. 소설 속 장소들을 직접 보고 싶었다. 금남로를 걸으며 동호가 마지막으로 걸었을 길을 생각했다. 전남대학교 정문에서부터 금남로까지, 그날의 행진 경로를 따라 걸었다. 더운 날씨였지만, 소설 속 장면을 떠올리며 한 발 한 발 내디뎠다.

도청 앞 광장에서는 한참을 서 있었다. 지금은 평화로운 이 광장이 그날은 어땠을까. 눈을 감고 있으면 시민들의 함성이, 총성이, 헬기 소리가 들리는 듯했다. 광장 한쪽에서 만난 할머니는 "그때 여기서……."라고 말을 꺼내다 울음을 터뜨렸다. 그날의 기억을 안고 살아가는 사람들이 아직도 이곳에 있었다.

5·18 민주화운동 기록관에서는 예상보다 훨씬 오래 머물렀다. 사진, 영상, 유품들을 하나하나 자세히 보았다. 소설에서 읽었던 장면들이 실제 기록물로 확인되는 순간, 온몸에 전율이 일었다. 한 젊은 해설사는 "소설 '소년이 온다'를 읽어보셨나요?"라고 물었다. 그는 이 책이 많은 사람들에게 5·18을 새롭게 이해하게 해주었다고 증언했다.

국립 5·18 민주묘지에서는 동호 또래의 희생자들 묘비 앞에서 오래 머물렀다. 그들의 마지막 순간에 무슨 생각을 했을까. 부모님께 무슨 말을 하고 싶었을까. 살아남은 친구들은 어떤 마음으로 이곳을 찾을까. 묘비를 하나하나 읽으며 걸을 때마다 소설 속 장면들이 겹쳐졌다.

광주에서 돌아온 후, '소년이 온다'를 다시 읽기 시작했다. 이번에는 전혀 다른 책을 읽는 듯했다. 처음 읽을 때는 충격과 슬픔에 휩싸여 놓쳤던 세세한 부분들이 눈에 들어왔다. 실제로 걸어본 거리, 직접 본 장소들이 소설 속에서 생생하게 되살아났다. 특히 시체를 닦는 소녀의 이야기는 두 번째 읽을 때 더 큰 울림을 주었다.

세 번째 읽을 때는 등장인물들의 심리 변화에 더 주목하게 되었다. 동호의 마지막 순간의 두려움과 결의, 정대의 복잡한 감정들, 은숙의 내면에서 일어나는 변화들이 더 선명하게 다가왔다. 특히 살아남은 자들의 죄책감을 다루는 부분에서는 책을 덮고 한참을 생각하게 되었다.

소설을 통해 본 5·18은 교과서나 뉴스에서 보던 것과는 완전히 달랐다. 차가운 통계 숫자 너머에 있는 한 명 한 명의 삶과 죽음이 보였다. 이제 5월이 되면 자연스럽게 광주로 향한다. 해마다 방문할 때마다 새로운 것들을 발견한다. 처음에는 보지 못했던 골목길 하나, 작은 표지석 하나가 새로운 이야기를 들려준다.

주변 사람들과 책 이야기를 나눌 때면 항상 '소년이 온다'를 추천한다. 처음에는 무거운 주제라며 망설이는 사람들도 책을 읽고 나면 달라진다. 역사를 바라보는 시선이 바뀌었다고, 일상적인 것들의 의미가 달라졌다고 말한다. 한 친구는 이 책을 읽고 처음으로 부모님께 5·18에 대해 물어보았다고 했다.

이제는 뉴스에서 과거사 관련 보도를 볼 때마다 자연스럽게 이 책이 떠오른다. 제주 4·3 사건이나 세월호 같은 비극적 사건을 접할 때도 '소년이 온다'에서 배운 시선으로 바라보게 된다. 단순한 사건 보도를 넘어, 그 속에 담긴 개인의 아픔과 고통을 생각하게 되었다.

매년 5월이면 책을 다시 꺼내 읽는다. 해마다 새로운 의미와 깨달음을 준다. 처음에는 역사적 사실에 압도되었다면, 이제는 인간이란 무엇인가, 기억한다는 것의 의미는 무엇인가 하는 더 본질적인 질문을 하게 된다. 폭력 앞에서 인간의 존엄성을 지키려 했던 이들의 이야기는 지금도 우리에게 중요한 질문을 던진다.

책상 위에는 광주에서 가져온 작은 돌멩이가 있다. 도청 앞 광장에서 주운 것이다. 돌을 볼 때마다 소설 속 인물들이 떠오른다. 그들은 이제 내 삶의 일부가 되었다. '소년이 온다'는 단순한 책이 아닌, 나의 성장 기록이자 삶의 이정표가 되었다. 앞으로도 계속해서 이 책과 함께 나이 들어갈 것이다.

'소년이 온다'는 단순한 역사 소설이 아니다. 인간이란 무엇인가, 우리는 어떻게 과거와 마주해야 하는가, 기억한다는 것의 의미는 무엇인가를 묻는 깊은 성찰을 담은 작품이다. 이 책은 내게 5·18을 새롭게 보게 했고, 역사를 대하는 자세를 바꾸어놓았다. 수많은 책을 읽어왔지만, '소년이 온다'만큼 내 삶에 큰 변화를 가져온 책은 없었다.

이제 '소년이 온다'는 내 서재에서 가장 특별한 자리를 차지하고 있다. 책등이 닳도록 읽었고, 눈물 자국이 선명한 페이지도 많다. 포스트잇으로 가득한 이 책은 내 성장의 기록이기도 하다. 처음 읽었을 때의 충격, 두 번째 읽었을 때의 깨달음, 광주를 다녀온 후의 마음가짐까지. 앞으로도 계속해서 이 책과 함께 나이 들어갈 것이다.

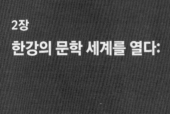

2장
한강의 문학 세계를 열다:

작가와 작품의
심층 탐구

1
한강 작가의 삶과 문학

✕

한강이 2024년 10월 초 노벨문학상을 수상 후 일 주일경에 그녀의 작품들이 백만 부 이상 팔리면서 많은 독자들이 그녀의 작품 세계에 관심을 갖기 시작했다. 처음 한강의 작품을 접하는 독자들에게 그녀의 독특한 작품 세계는 낯설 수 있다. 이 글들이 한강의 문학 여정을 따라가며, 그녀의 작품을 공감하고 깊이 이해하는 유용한 길잡이가 되기를 바란다.

한강의 문학적 출발점은 1993년 계간 『문학과사회』에 발표한 시 '서울의 겨울'이었다. 시인으로 시작해 소설가로 전환한 이력은 독자들이 그의 작품을 이해하는 중요한 단서가 된다. 시적 감수성은 이후 발표된 모든 소설의 근간을 이루는데, 특히 장면과 이미지를 통해 이야기를 전개하는 특징으로 나타난다. 1994년 서울신문 신춘문예에 당선된 단편소설 「붉은 닻」을 시작으로 소설가의 길로 들어선 한강은 1995년 첫 소설집 『여수의 사랑』을 발표했다.

초기작들을 읽을 때 개인의 내밀한 스토리 전개에 주목하면 좋다. 『검은 사슴』(1998), 『내 여자의 열매』(2000), 『그대의 차가운 손』(2002), 『바람이 분다, 가라』(2004) 등의 작품들은 개인의 상처와 고통을 담고 있다. 이 작품들은 이후 등장할 더 큰 틀에서 스토리 전개의 기초가 되었다는 점에서 의미가 있다.

2007년 발표된 『채식주의자』는 한강 문학의 변곡점이다. 이 작품을 읽을 때 세 개의 독립된 이야기가 어떻게 하나의 큰 틀에서 조화를 이루면서 이어가는지 살펴보면 흥미롭다. 첫 번째 이야기에서 주인공 영혜의 급격한 변화, 두 번째 이야기 「몽고반점」에서 영혜의 형부를 통해 바라본 욕망과 예술, 마지막 이야기에서 언니의 시선으로 바라본 영혜의 마지막 선택까지, 각각의 시선이 만들어내는 전체 그림을 읽어내면 더욱 깊이 있는 작품 감상이 가능하다. 이 작품으로 2005년 한국소설문학상을 수상했고, 2010년에는 두 번째 이야기 「몽고반점」이 이상문학상을 받았다.

『소년이 온다』(2014)를 읽을 때 역사적 사실과 개인의 이야기가 어떻게 만나는지 살펴보면 좋다. 5·18 광주민주화운동이라는 역사적 사건을 다루지만, 이는 철저히 개인들의 시선을 통해 전달된다. 2014년 만해 문학상 수상작인 이 소설은 역사적 트라우마가 개인의 삶에 어떤 영향을 미치는지 보여준다.

2016년은 한강에게 가장 중요한 해였다. 『채식주의자』의 영역본이 맨부커 인터내셔널상을 수상하며 세계적 주목을 받았고, 같은 해 『흰』을 발표했다. 『흰』을 읽을 때 62개의 짧은 이야기들이 어떻게 하나의 주제를 향해 나아가는지 발견하는 재미가 있다. 각각의 단편은 독립적으로 읽을 수 있지만, 전체적으로는 삶과 죽음, 상실과 회복이라는 큰 주제로 수렴한다. 이 작품으로 2018년 동리문학상을 수상했다.

2021년 발표된 『작별하지 않는다』는 제주 4·3 사건을 다루고 있다. 이 작품을 『소년이 온다』의 연장선에서 보면 더욱 흥미롭다. 두 작품 모두 역사적 사건을 다루지만, 『작별하지 않는다』에서는 트라우마의 세대 간 전이라는 새로운 차원을 보여준다.

한강의 작품들은 서로 긴밀하게 연결되어 있다. 초기작에서 보여준 개인의 고통은 『채식주의자』에서 사회적 폭력에 대한 저항으로 확장되고, 『소년이 온다』와 『작별하지 않는다』에서는 역사적 트라우마로 발전한다. 『흰』은 이러한 고통과 상실을 철학적 차원에서 성찰한다.

작품의 형식적 특징도 흥미로운 요소다. 『채식주의자』의 삼부작 구조, 『소년이 온다』의 여러 등장 인물들을 통한 각기 다른 관점에서 서술, 『흰』의 연작 형식 등 각 작품마다 서로 다른 형식적 실험을 시도한다. 이러한 형식의 변주는 각 작품의 주제를 효과적으로 전달하는 도구가 된다.

한강의 작품은 이제 30개 이상의 언어로 번역되어 세계 독자들과 만나고 있다. 2024년 노벨문학상 수상은 그의 문학이 지닌 보편성을 입증한다. 한국의 구체적 현실을 다루면서도 인간 존재의 근원적 문제를 탐구하는 그의 작품들은, 국적과 문화의 경계를 넘어 깊은 공감을 얻고 있다.

한강의 작품 세계로 들어가는 첫 관문으로 『채식주의자』가 적당하다. 이 작품은 그의 문학적 특징을 가장 잘 보여주면서도, 상대적으로 접근하기 쉽다. 이후 『소년이 온다』와 『작별하지 않는다』를 통해 역사와 개인의 관계를 다루는 방식을 이해할 수 있다. 마지막으로 『흰』을 읽으며 그의 문학이 도달한 철학적 깊이를 경험할 수 있다.

앞으로도 한강은 새로운 작품들을 통해 문학의 경계를 확장해나갈 것이다. 노벨문학상 수상은 그의 문학적 여정에서 중요한 이정표가 되었지만, 동시에 새로운 시작점이 될 것이다. 세계 문학의 중심에 선 작가로서, 그의 다음 작품에 대한 기대가 더욱 커지고 있다.

2
작가의 창작 과정

서울 어느 조용한 골목, 오래된 건물 안에 한강의 작업실이 있을 것이다. 키 큰 화분이 창가에 놓여있고, 햇살이 비칠 때마다 푸른 잎들이 창문에 그림자를 드리우며 춤을 춘다. '채식주의자'의 영혜도 이런 나뭇잎 그림자를 보며 무언가를 느꼈을까?

작업실 구석에는 오래된 나무 책상이 자리 잡고 있다. 원고지와 메모지가 여기저기 흩어져 있고, 책상 위에는 차 한 잔이 식어간다. 한강은 아마도 먼저 손글씨로 글을 쓸 것이다. '흰'의 서정적인 문장들은 이렇게 펜 끝에서 천천히 태어났을 것 같다.

새벽 세 시, 도시가 잠든 시간에 작가의 하루가 시작된다. 창밖은 아직 어둡고, 달빛만이 작업실을 비추는 시간. 어제 쓴 문장을 다시 읽어보며 오늘의 글쓰기를 준비한다. 이렇게 고요한 새벽에 '흰'의 하얀 순간들이 기록되었을 것이다.

낮에는 자료를 찾아 도서관으로 향한다. '소년이 온다'를 쓰기 위해 수많은 5·18 관련 자료들을 읽었을 것이다. 증언집을 읽다가 눈물이 나서 잠시 책을 덮었다가도, 다시 펴서 읽고 또 읽었을 것이다. '작별하지 않는다'를 위해 제주 4·3의 이야기들도 이렇게 모았을 것이다.

저녁이 되면 조용한 산책을 즐긴다. 골목길을 걸으며 머릿속 이야기를 정리하거나, 공원 벤치에 앉아 메모를 한다. 때로는 지하철을 타고 서울 곳곳을 둘러보며 도시의 숨소리를 듣는다. 그에게는 이 모든 순간이 글감이 된다.

작가의 취재 수첩에는 그가 찾아간 장소들의 흔적이 가득하다. 광주의 하늘 아래에서 느낀 것들, 제주 바닷가의 파도 소리, 서울의 일상에서 마주친 순간들까지. 이 기록들이 천천히 익어 소설이 되어간다.

밤이 깊어질수록 새로운 문장들이 태어난다. 때로는 쉽게, 때로는 어렵게. 한 문장을 쓰고 지우기를 수십 번, 마침내 찾아낸 문장에 가슴이 떨린다. 작업실 서랍 속에는 아직 완성되지 않은 이야기들이 잠들어 있다. 언젠가 우리에게 들려줄 이야기를 기다리며.

아침 시장에서 채소를 고르면서도 문장이 떠오르고, 버스를 타고 가다 창밖 풍경을 보면서도 장면이 그려진다. 지하철에서 마주친 낯선 이의 표정 하나, 골목 어귀에서 들리는 웃음소리 하나까지, 모든 순간이 이야기가 된다.

'채식주의자'를 쓸 때는 채소들의 모습을 유난히 자세히 보았을 것이다. 상추의 푸른빛, 당근의 선명한 색깔, 양배추의 무늬까지. 영혜처럼 식물의 생명력을 느끼려 노력했을 것이다. '소년이 온다'를 쓸 때는 수많은 밤을 뒤척였을 것이다. 증언을 읽고, 그 아픔을 글로 옮기기 위해 얼마나 많은 고민을 했을까. '흰'을 쓸 때는 도시 곳곳에서 하얀 것들을 모았을 것이다. 첫눈의 순수함, 아침 안개의 부드러움, 달빛의 고요함까지.

책상 위 한편에는 독자들이 보낸 편지가 있다. 그의 작품을 읽고 울었다는 이야기, 위로받았다는 이야기, 자신의 경험을 들려주는 이야기들. 그는 이 편지들을 소중히 간직하고, 힘들 때마다 꺼내 읽으며 다시 글을 쓸 용기를 얻는다.

계절이 바뀔 때마다 창밖 풍경도 바뀐다. 봄에는 꽃이 피고, 여름에는 초록이 짙어지고, 가을에는 낙엽이 날리고, 겨울이면 첫눈이 내린다. 이 모든 순간이 그의 글이 된다. 작업실 창가에 앉아 계절의 변화를 지켜보며, 새로운 이야기의 씨앗을 발견한다.

한강의 작업실은 단순히 글을 쓰는 공간이 아니다. 그의 모든 순간, 생각, 감정이 모여 이야기가 되는 곳이다. 우리는 그 이야기들이 우리에게 오기를 기다린다. 그렇게 천천히, 하지만 끊임없이 새로운 이야기들이 탄생하고 있다.

작업실 벽에는 영감을 주는 사진들이 걸려있다. 광주의 오래된 흑백사진, 제주 바다의 모습, 어느 봄날의 나무 사진. 이 이미지들은 때때로 새로운 이야기의 시작이 된다. 서랍 속에는 아직 쓰지 않은 이야기들이 기다리고 있다. 더 익어야 할 것들, 더 생각해봐야 할 것들, 언젠가는 꼭 써내고 싶은 이야기들.

이렇게 한강의 작업실에서는 매일 새로운 이야기가 태어난다. 때로는 고통스러운 진실을 마주하고, 때로는 따뜻한 위로를 건네는 이야기들. 그 이야기들은 우리에게 와서 각자의 방식으로 우리 마음에 스며든다. 그리고 우리는 그의 다음 이야기를 기다린다. 어떤 이야기가 올지, 어떤 감동이 올지 설레는 마음으로.

3
작가의 목소리로 만나는 작품 세계

✖

소설을 더 깊이 이해하고 싶다면, 작가가 직접 들려주는 이야기만큼 좋은 안내자가 없다. 한강은 여러 인터뷰와 에세이를 통해 자신의 작품에 대해 이야기해왔다. 그의 목소리를 통해 작품의 탄생 배경과 의미를 알아보면, 소설을 읽을 때 새로운 발견을 할 수 있다.

『채식주의자』는 한 여성의 극단적인 선택을 그린 작품이다. 한강은 이 소설을 쓰게 된 계기에 대해 자주 이야기했다. 우리 사회에 만연한 폭력과 그에 대한 저항을 그리고 싶었다는 것이다. 처음에는 단편으로 시작했던 이야기가, 나중에는 세 부분으로 된 긴 이야기가 되었다. 작가는 이 과정에서 인간의 폭력성과 함께, 그것을 거부하는 인간의 의지도 함께 보여주고 싶었다고 한다.

『소년이 온다』는 5·18 광주민주화운동을 다룬 작품이다. 한강은 이 소설을 쓰는 데 오랜 시간이 걸렸다고 한다. 실제 생존자들의 증언을 듣고, 관련 자료들을 찾아보면서, 어떻게 하면 그들의 아픔을 가장 진실하게 전할 수 있을지 고민했다. 특히 소년의 목소리를 통해 이야기를 전하기로 한 것은, 순수한 시선으로 그 참혹한 현실을 바라보고 싶었기 때문이라고 한다.

『흰』은 매우 개인적인 경험에서 시작된 작품이다. 작가는 가까운 사람을 잃은 후, 주변의 하얀 것들에 특별히 주목하게 되었다고 한다. 하얀 소금, 하얀 쌀, 하얀 안개…… 이런 일상적인 것들이 그에게는 위로가 되었다. 이 경험을 바탕으로 상실과 치유에 대한 이야기를 쓰고 싶었다고 한다.

『작별하지 않는다』는 제주 4·3 사건을 다룬다. 한강은 이 역사적 사건이 현재를 살아가는 우리에게 어떤 의미가 있는지 생각해보고 싶었다고 한다. 특히 과거의 상처가 세대를 거쳐 어떻게 전해지는지, 그리고 그것을 어떻게 극복할 수 있는지에 관심이 있었다.

작가로서의 일상도 흥미롭다. 한강은 주로 새벽에 글을 쓴다고 한다. 모두가 잠든 고요한 시간에 글쓰기에 집중하는 것을 좋아한다. 처음에는 시를 쓰다가 소설로 옮겨온 것도 재미있는 부분이다. 시의 감수성을 소설에서도 살리고 싶었다고 한다.

한강은 독자들의 반응에도 많은 관심을 기울인다. 같은 작품이라도 독자마다 다르게 읽고 해석하는 것이 흥미롭다고 말한다. 특히 해외 독자들이 자신의 작품을 어떻게 받아들이는지 궁금해한다. 문화가 다르더라도 인간의 기본적인 감정은 통한다는 것을 발견했다고 한다.

작가로서 힘든 순간도 있었다. 『소년이 온다』를 쓸 때는 자료 조사만으로도 마음이 무거웠다고 한다. 하지만 그런 무거운 주제야말로 더 신중하게 다뤄야 한다고 생각했다. 글쓰기가 힘들 때는 산책을 하거나 음악을 듣는다고 한다. 일상의 작은 순간들에서 새로운 영감을 얻는다.

한강의 이야기를 들어보면, 그의 작품을 더 잘 이해할 수 있는 실마리를 발견하게 된다. 예를 들어 『채식주의자』를 읽을 때는 작가가 말한 '폭력에 대한 질문'을 염두에 두면 좋다. 『소년이 온다』는 작가가 오랫동안 고민하며 쓴 만큼, 우리도 천천히 읽어볼 만하다. 『흰』은 작가의 개인적 경험을 바탕으로 했다는 점을 기억하면서 읽으면 더 깊이 공감할 수 있다.

한강이 들려주는 이야기는 독자들에게 좋은 안내가 된다. 하지만 그렇다고 이것이 작품을 해석하는 유일한 방법은 아니다. 작가도 자주 말하듯이, 문학은 작가와 독자가 함께 만들어가는 것이다. 작가의 의도를 이해하되, 독자 자신만의 해석도 충분히 의미 있다는 것을 기억하자.

이제 우리는 한강의 작품을 더 깊이 있게 읽을 준비가 되었다. 작가의 목소리를 참고삼아, 하지만 우리만의 방식으로 작품을 만나보자. 그것이 바로 한강이 바라는 독서 방식일 것이다.

한강의 작품별로 이렇게 읽으면 더 깊게 읽을 수 있다.

『채식주의자』를 읽을 때:
- 작가가 던진 질문 찾기: 영혜가 처음 "난 이제 고기를 먹지 않아." 라고 말하는 장면부터 시작해보자. 이 단순한 선언이 왜 다른 사람들을 이렇게 불편하게 만드는지 생각해보자.
- 감각적 묘사 주목하기: 영혜가 꿈에서 본 장면들, 특히 나무가 되어가는 장면의 묘사는 천천히 읽어볼 만하다.
- 일상의 순간들 살펴보기: 아침마다 남편의 와이셔츠를 다리는 장면, 가족 식사 자리의 분위기 같은 평범한 일상이 어떻게 특별한 의미를 갖게 되는지 보자.

『소년이 온다』를 읽을 때:
- 개인과 역사의 만남: 책 속 소년이 평범한 일상을 보내다가 갑자

기 역사적 순간과 마주치는 장면을 주목하자. 하굣길에 보던 풍경, 친구들과의 대화 같은 일상이 어떻게 깨지는지.

- 감각적 묘사 음미하기: 시장통의 냄새, 도청 안의 분위기, 거리의 소리들. 이런 생생한 묘사가 그날의 광주를 어떻게 보여주는지 살펴보자.

- 나만의 해석: 책을 읽으며 우리 주변의 청소년들을 떠올려보자. 그들이 그날의 광주에 있었다면 어떤 선택을 했을까?

『흰』을 읽을 때:

- 작은 순간들의 의미: 흰 양말, 흰 설탕, 흰 소금 같은 일상적인 사물들이 어떻게 특별한 의미를 갖게 되는지 보자.

- 시적인 문체 음미하기: 62편의 짧은 이야기들은 시처럼 읽어도 좋다. 천천히, 한 문장씩 음미하면서.

- 나만의 방식으로: 내 주변의 흰 물건들을 떠올려보자. 그것들은 나에게 어떤 의미일까?

『작별하지 않는다』를 읽을 때:

- 역사와 개인의 만남: 어머니 인선과 딸 경하의 일상적인 대화 속에서 제주 4·3의 기억이 어떻게 스며 나오는지 보자.

- 감각적 묘사 주목: 제주도의 바람 소리, 바다 냄새, 돌담길 같은 묘사들이 이야기에 어떤 분위기를 더하는지.

- 일상의 순간들: 모녀가 함께 차를 마시고, 산책을 하고, 말없이 앉아있는 장면들. 이런 평범한 순간들이 어떤 의미를 가지는지.

이렇게 작품별로 구체적인 장면들을 짚어가며 읽으면, 처음에는 어렵게 느껴졌던 한강의 작품들이 더 친근하게 다가올 수 있다. 특히 작품 속 일상적인 장면들에 주목하면 좋다. 예를 들어:

『채식주의자』에서 가족들이 모여 식사하는 장면은 우리 모두의 경험과 맞닿아 있다. 명절이나 집안 행사 때 모인 자리에서, 누군가 갑자기 "나는 이제 이렇게 살겠다."라고 선언한다면 어떤 일이 벌어질까?

『소년이 온다』의 학교 장면들은 지금 우리 주변의 학교와 크게 다르지 않다. 하교 시간의 떠들썩한 거리, 친구들과의 농담, 매점에서 사 먹는 과자…… 이런 평화로운 일상이 순식간에 바뀌는 순간을 생각해 보자.

『흰』에서 화자가 하얀 물건들을 하나하나 떠올리는 장면은, 우리도 따라 해볼 수 있다. 내 방에는 어떤 하얀 물건들이 있을까? 그것들은 나에게 어떤 이야기를 들려주는가?

『작별하지 않는다』의 모녀는 우리 주변의 많은 모녀와 닮아있다.

어머니 세대가 말하지 않는 것들, 딸 세대가 궁금해하는 것들. 이런 간극을 우리 가족에서도 발견할 수 있을 것이다.

이처럼 한강의 작품은 우리의 일상과 맞닿아 있다. 거창한 문학 이론이나 복잡한 해석 없이도, 우리의 경험과 연결 지어 읽을 수 있다. 그것이 바로 한강의 작품이 전 세계 독자들의 공감을 얻는 이유일 것이다.

작품을 읽으며 자신만의 독서 노트를 만들어보는 것도 좋다. 마음에 와닿는 문장들을 적어두고, 그것이 나에게 왜 특별했는지 기록해보자. 이렇게 하면 책을 다 읽은 후에도 그 감동을 오래 간직할 수 있다.

무엇보다 중요한 것은, 너무 어렵게 생각하지 않는 것이다. 한강의 작품은 분명 깊이 있는 주제를 다루지만, 그 시작은 늘 우리의 일상이다. 그 일상에서부터 천천히 시작해보자. 그러다 보면 어느새 작품이 전하고자 하는 더 큰 이야기와 만나게 될 것이다.

4

한강 작품 읽기의 열쇠

✦

한강의 책들은 몇 가지 공통된 특징이 있다. 이것들을 알면 그의 책을 더 쉽게 이해할 수 있다.

가장 먼저 눈에 띄는 건 아픔의 여러 모습이다. '채식주의자'에서는 가정 안의 폭력을, '소년이 온다'에서는 국가의 폭력을, '작별하지 않는다'에서는 역사의 폭력을 보여준다. 몸과 마음의 관계도 중요하다. '채식주의자'의 영혜는 고기를 거부하고 식물이 되려 하고, '흰'에서는 마음의 상처가 몸의 감각으로 나타난다. 또 한 가지는 개인과 역사가 만나는 모습이다. '소년이 온다'와 '작별하지 않는다'는 광주와 제주의 큰 사건들을 한 사람 한 사람의 이야기로 들려준다.

한강은 폭력을 여러 모습으로 그린다. '채식주의자'에서는 가정의 폭력이 점점 사회의 폭력으로 번진다. 남편이 때리고, 아버지가 억누르고, 병원에서 약을 강제로 먹이는 장면들이 나온다. '소년이 온다'는 1980년 5월 광주의 끔찍한 모습을 생생하게 보여준다. '작별하지 않는다'는 제주 4·3의 상처가 자식 세대까지 이어지는 걸 보여준다. 이런 폭력들은 서로 다르면서도 어딘가 닮아있다.

몸과 마음을 다루는 방식도 한강만의 특징이다. '채식주의자'의 영혜는 자신의 몸으로 세상에 말을 건다. 고기를 먹지 않고, 옷을 벗어 던지고, 나무가 되려 하는 모든 행동이 그녀의 언어다. '소년이 온다'에서는 폭력에 짓밟힌 몸들이 나온다. 말은 없지만, 그 몸들이 폭력의 진실을 말해준다. '흰'에서는 잃어버린 것의 아픔이 몸의 감각으로 느껴진다.

큰 역사와 작은 개인의 만남도 한강 작품의 큰 특징이다. '소년이 온다'와 '작별하지 않는다'는 역사책에서 볼 수 있는 큰 사건들을 개인의 눈으로 들여다본다. 교과서의 차가운 설명 대신, 그 속에서 살았던 사람들의 뜨거운 이야기를 들려준다. '소년이 온다'는 한 아이의 죽음으로, '작별하지 않는다'는 한 가족의 이야기로 역사를 보여준다.

여자 등장인물들도 특별하다. '채식주의자'의 영혜는 세상의 폭력에 자기만의 방식으로 맞선다. 그녀의 선택은 극단적이지만, 그만큼 강력하다. '작별하지 않는다'의 인선은 역사의 폭력 속에서 살아남은 사람이다. 딸 경하에게 자신의 상처를 물려주지 않으려 하지만, 그 아픔은 결국 다음 세대로 이어진다.

시간과 기억도 중요한 주제다. '소년이 온다'는 과거와 현재를 오가며 이야기를 풀어간다. 살아남은 사람들의 기억 속에서 과거가 현재가 된다. '작별하지 않는다'는 어머니와 딸이 각각의 시간에서 이야기를 들려준다. '흰'은 62개의 짧은 글들이 시간을 따라가면서도 시간을 벗어난다.

이야기를 들려주는 방식도 독특하다. '채식주의자'는 세 사람의 눈으로 영혜를 본다. 남편, 형부, 언니가 각자 자기 방식대로 영혜를 이야기한다. '소년이 온다'는 여러 사람의 목소리가 섞여 들린다. '흰'은 62개의 짧은 글이 모여 하나의 큰 이야기가 된다. 이런 방식은 단순히 색다르기 위한 게 아니라, 이야기를 더 깊이 전하기 위한 것이다.

말의 쓰임새도 특별하다. 시인으로 시작한 한강은 소설에서도 시처럼 아름다운 말을 쓴다. '흰'은 마치 긴 시를 읽는 것 같다. 폭력적인 장면을 쓸 때도 직접적으로 보여주지 않으면서, 오히려 더 강하게 전달한다.

이런 특징들은 서로 따로 놀지 않고 하나로 이어진다. 폭력은 몸의 문제와 연결되고, 개인의 이야기는 역사와 만난다. 시간과 기억은 이야기하는 방식과 맞물리고, 말의 쓰임은 이 모든 것을 감싼다. 이런 연결을 보면서 읽으면 한강의 책이 더 깊이 다가온다.

한강은 한국의 구체적인 이야기에서 시작해서 모든 인간의 이야기로 나아간다. 폭력, 상처, 몸, 기억 같은 주제는 어느 나라 사람이든 공감할 수 있는 것들이다. 그래서 세계의 독자들이 그의 책에 감동했고, 결국 노벨상까지 받게 된 것이다.

이런 점들을 생각하며 읽으면, 처음에는 어려워 보였던 한강의 책들이 새롭게 보인다. 각 책만의 특별한 맛을 찾아보는 재미, 책들 사이의 연결고리를 발견하는 즐거움을 느낄 수 있다. 이것이 한강의 책이 주는 특별한 기쁨이다.

한강의 각 책들은 저마다의 매력이 있다. '채식주의자'는 평범한 주부가 어느 날 꿈을 꾸고 고기를 거부하면서 시작된다. 이 작은 선택이 어떻게 그녀의 삶을 완전히 바꾸는지, 주변 사람들에게 어떤 영향을 주는지 보는 게 흥미롭다. 세 부분으로 나뉜 이야기가 마지막에 하나로 모이는 구조는 마치 퍼즐을 맞추는 것처럼 재미있다.

'소년이 온다'는 광주의 5월을 여러 사람의 입으로 들려준다. 열네 살 소년의 이야기로 시작해서 여러 사람의 시선이 모여 하나의 큰 이야기가 된다. 마치 다큐멘터리를 보는 것처럼 여러 증언이 쌓이면서 진실이 드러난다. 무거운 이야기지만, 생생한 목소리로 들려주어서 누구나 쉽게 공감할 수 있다.

'흰'은 하얀색이라는 하나의 주제로 여러 이야기를 들려준다. 62개의 짧은 글은 각각 따로 읽어도 되지만, 전체를 관통하는 하나의 감정이 있다. 하얀 물건들이 하나둘 나오면서 삶과 죽음, 잃어버림과 치유에 대해 이야기한다. 시 같은 문장들은 마치 전시회를 보는 것 같은 특별한 느낌을 준다.

'작별하지 않는다'는 제주 4·3을 다루지만, 그건 배경일 뿐이다. 중심은 한 가족의 이야기다. 옛날의 상처가 지금을 사는 사람들에게 어떤 영향을 주는지, 그들이 그 상처와 어떻게 살아가는지 보여준다. 과거와 현재를 오가는 이야기가 자연스럽게 펼쳐진다.

이처럼 한강의 책들은 각자 다른 매력이 있으면서도 하나로 이어진다. 관심사나 취향에 따라 아무 책에서나 시작해도 좋다. 역사에 관심 있다면 '소년이 온다'나 '작별하지 않는다'를, 새로운 형식을 좋아한다면 '채식주의자'나 '흰'을, 일상적인 이야기를 좋아한다면 초기 작품들을 먼저 읽어도 된다. 어느 책으로 시작하든, 한강만의 특별한 세계를 만날 수 있다.

5
고통과 아름다움의 공존

✖

한강의 작품은 처음 접하면 조금 낯설 수 있지만, 찬찬히 읽어나가다 보면 마치 잘 만든 영화나 그림을 감상하는 듯한 매력에 빠져들게된다. 무거운 주제를 다루면서도 아름다운 장면들이 펼쳐지고, 고통스러운 이야기 속에서도 따뜻한 위로가 느껴지는 것이 한강 작품의 특징이다. 한강은 고통과 아름다움이 공존하는 세계를 통해 독자들에게 깊은 감동을 선사한다.

한강의 작품 세계를 영화, 사진, 전시회 등에 비유하면 좀 더 쉽게이해할 수 있다. 『채식주의자』는 세 편의 단편영화를 이어 붙인 듯한 구성을 보여준다. 첫 번째 이야기는 남편의 시선으로 영혜의 갑작스러운변화를 따라가며 미스터리 영화처럼 긴장감을 높인다. 두 번째 이야기는 영혜의 몸에 꽃을 그리는 형부의 시선에서 전개되며, 마치 예술 영화를 보는 듯한 느낌을 준다. 마지막 이야기는 언니의 시선으로 영혜의 마지막 선택을 담담하게 보여주는 다큐멘터리 같다.

남편이 아내의 이상 행동을 발견하는 장면들은 긴장감 넘치게 빠르게 읽히고, 영혜의 꿈 장면은 초현실주의 영화처럼 이미지가 천천히 이어진다. 특히 형부가 등장하는 두 번째 이야기는 미술 영화를 감상하는 듯한 착각을 불러일으킨다.

『소년이 온다』는 1980년 5월 광주의 모습을 여러 사람의 증언을 통해 생생하게 재구성한 다큐멘터리 같다. 소년의 이야기, 시신을 수습하는 여성의 이야기, 생존자들의 이야기가 기록 영화의 인터뷰처럼 이어지며, 슬프고 아픈 역사적 순간 속에서도 인간의 따뜻함을 발견하게 한다. 마치 광주에 있는 것처럼 생생한 장면들이 펼쳐지며, 숨 가쁘게 읽히는 장면과 천천히 음미하게 되는 장면들이 교차한다.

『흰』은 현대 미술관의 전시회장을 둘러보는 듯한 경험을 선사한다. 62개의 짧은 이야기는 각각 하나의 작품처럼 독립적으로 존재하며, 모든 것이 하얀색으로 묘사되지만 자세히 들여다보면 각기 다른 빛깔과 질감을 느낄 수 있다. 흰 옷, 흰 쌀, 백묵, 소금 등 일상적인 하얀 사물들이 특별한 의미로 다가온다. 전시장에서 작품마다 감상 시간을 달리하듯, 자연스럽게 읽는 속도가 달라진다.

『작별하지 않는다』는 오래된 가족 앨범을 한 장 한 장 넘기는 듯한 느낌을 준다. 현재와 과거를 오가는 이야기 속에서 어머니의 기억과 딸의 시선이 교차하며, 제주 4·3 사건이 한 가족의 이야기를 통해 생생하게 전달된다. 현재 장면은 디지털 카메라 사진처럼 선명하고, 과거 장면은 오래된 흑백사진처럼 천천히 떠오른다. 어머니 기억 속 제주도는 흐릿한 필름 사진처럼 천천히 모습을 드러낸다.

이처럼 한강의 소설은 읽는 재미가 뛰어나 쉽게 몰입하게 된다. 처음에는 어렵게 느껴질 수 있지만, 영화를 보듯 장면에 집중하다 보면 어느새 이야기 속으로 빠져든다. 『소년이 온다』에서는 광주의 거리를, 『채식주의자』에서는 영혜의 변화를, 『작별하지 않는다』에서는 제주의 풍경을 눈앞에서 보는 듯 생생하게 경험할 수 있다.

한강은 빠르게 또는 천천히 흘러가는 장면들을 통해 독자들을 이야기 속으로 끌어들이고, 등장인물들의 감정을 자연스럽게 느끼게 한다. 작품을 읽다 보면 장면들이 떠오르고 오래도록 기억에 남는다. 『채식주의자』의 꿈 장면, 『소년이 온다』의 광주 거리, 『흰』의 하얀 풍경들은 마치 영화의 한 장면처럼 독자의 마음속에 깊이 새겨진다.

한강의 작품을 더욱 깊이 즐기려면 장면들을 상상하며 읽는 것이 좋다. 글을 읽을 때 영화를 보듯 인물들의 표정, 주변 환경, 분위기를 머릿

속에 그려보면 작품에 더욱 몰입할 수 있다. 또한 작품 속 소리, 냄새, 촉감 등에 주의를 기울이면 한강 작품 세계를 더욱 생생하게 느낄 수 있다.

한강의 문장은 시적인 리듬과 운율을 가지고 있으므로, 천천히 문장을 음미하며 읽으면 작품이 전달하는 감정과 메시지를 더욱 잘 느낄 수 있다. 작품 속 인물들의 감정에 공감하며 읽으면 이야기가 더욱 깊이 다가올 것이다.

한강의 작품은 역사적 사건과 사회적 이슈를 다루는 경우가 많으므로, 작품의 배경이 되는 역사나 사회적 맥락을 이해하면 작품을 더 깊이 이해할 수 있다. 작품 속에서 반복적으로 등장하는 이미지나 상징에 주목하는 것도 작품 이해에 도움이 된다.

한강의 작품은 다양한 해석의 여지를 남긴다. 정해진 답을 찾기보다는 작품이 주는 의미와 감정에 대해 자유롭게 생각해보는 것이 독서의 즐거움을 더한다.

한강의 작품을 읽을 때는 글자 하나하나에 매달리기보다는, 영화를 보듯 장면을 상상하며 읽으면 이야기에 쉽게 빠져들 수 있다. 작가가 보여주는 장면들을 따라가다 보면 작품의 깊은 의미를 자연스럽게 이해하게 될 것이다.

한강의 작품은 고통과 아름다움이 공존하는 독특한 세계를 보여준다. 처음에는 어렵게 느껴질 수 있지만, 다양한 방법으로 작품에 다가가면 그녀의 문학이 지닌 깊은 감동과 아름다움을 경험할 수 있을 것이다. 한강의 작품은 단순한 이야기가 아니라 우리 삶과 존재에 대한 깊은 질문을 던진다. 그녀의 작품을 통해 우리 내면의 목소리에 귀 기울이고 삶의 의미를 되새겨보자.

6
작품 속 여성들의 이야기

✖

　한강의 작품을 읽다 보면 우리 주변에서 만날 수 있는 다양한
여성들을 발견하게 된다. 엄마와 딸, 자매, 이웃집 아주머니, 직장 동
료…… 이들은 각자의 방식으로 삶을 살아가는 평범한 여성들이지만,
그들의 이야기 속에는 우리 시대의 깊은 울림이 담겨있다.

　『채식주의자』의 영혜는 언뜻 이해하기 어려운 선택을 하는 여성이
다. 평범한 직장인의 아내였던 그녀가 어느 날 갑자기 채식을 선언하고,
나아가 자신의 몸까지 바꾸고 싶어한다. 처음에는 단순한 식습관의 변
화로 보이지만, 그 속에는 자신의 삶을 스스로 선택하고자 하는 강한 의
지가 숨어있다. 영혜를 이해하려 노력하는 언니의 모습에서는, 우리가
흔히 경험하는 자매 간의 연대를 발견할 수 있다.

『작별하지 않는다』의 모녀는 더욱 친숙하게 다가온다. 서울에 사는 딸 경하가 제주도의 어머니 인선을 찾아가는 장면은, 명절이면 고향 집을 찾는 우리의 모습과 닮아있다. 어머니는 과거의 아픔을 말하지 않으려 하고, 딸은 그 침묵 속에 숨겨진 이야기를 알고 싶어 한다. 이런 모녀의 미묘한 긴장 관계는 많은 한국의 가정에서 발견할 수 있는 모습이다.

『소년이 온다』에 등장하는 중년 여성은 특별한 상황 속 평범한 이웃이다. 시체 안치소에서 일하며 깊은 슬픔을 마주하지만, 그 속에서도 자신의 일을 묵묵히 해내는 그녀의 모습은 어쩌면 우리 주변의 어머니들과 닮아있다. 힘든 상황 속에서도 자신의 자리를 지키는 여성의 강인함을 보여준다.

『흰』의 화자는 아이를 잃은 엄마다. 상실의 고통을 겪으면서도 그것을 아름답게 승화시키려 노력하는 그녀의 모습은, 우리가 알고 있는 많은 어머니들의 모습과 겹쳐진다. 일상의 작은 것들 - 하얀 양말, 하얀 쌀, 흰 구름 같은 것들 - 속에서 위로를 찾아가는 과정이 섬세하게 그려진다.

한강의 여성 인물들은 시간이 흐르면서 점점 더 다양한 모습을 보여준다. 처음 작품들에서는 주로 가족을 잃은 여성들의 이야기가 많았다면, 나중에는 자기만의 방식으로 삶을 선택하는 여성들이 등장한다. 『검은 사슴』에서 아버지를 찾아 헤매는 딸의 모습으로 시작해서, 『채식주의자』에서는 더 이상 남들이 정해준 방식대로 살지 않겠다고 결심하는 여성으로 발전한다.

여성들 사이의 관계도 더욱 깊어진다. 시장에서 만나는 아주머니들의 수다에서부터, 병실에서 서로를 돌보는 간호사들의 모습, 함께 일하는 직장 동료들의 우정까지. 특히 가족 관계 속 여성들의 모습이 인상적이다. 할머니에서 어머니로, 어머니에서 딸로 이어지는 이야기들은 마치 우리 가족의 역사를 보는 것 같다.

일상의 순간들도 특별한 의미를 갖는다. 아침에 일어나 가족의 식사를 준비하고, 시장에서 장을 보고, 아이의 옷을 정리하는 일상적인 순간들이 한강의 작품에서는 깊은 의미를 가진다. 『흰』에서 화자가 하얀 양말을 개는 장면은 단순한 집안일이 아니라, 깊은 그리움과 사랑을 담은 행동이 된다.

직장에서 일하는 여성들의 모습도 현실감 있게 그려진다. 간호사, 연구원, 회사원 등 다양한 직업을 가진 여성들이 각자의 자리에서 최선을 다하는 모습은, 현대를 살아가는 많은 여성들의 모습과 닮아있다. 이들은 때로는 직장과 가정 사이에서 고민하고, 때로는 자신의 꿈을 위해 새로운 도전을 하기도 한다.

이런 여성들의 이야기를 읽을 때는 다음과 같은 점들에 주목하면 좋다:

첫째, 일상의 작은 선택들이 어떻게 큰 변화로 이어지는지 살펴보자. 『채식주의자』의 영혜가 처음 채식을 선언했을 때처럼, 사소해 보이는 결정이 어떻게 삶 전체를 바꾸게 되는지 주목해보자.

둘째, 여성들 간의 관계에 집중해보자. 자매, 모녀, 친구 사이에서 벌어지는 갈등과 화해, 이해와 연대의 순간들은 우리의 경험과 맞닿아 있다.

셋째, 말하지 않는 것들에도 귀 기울여보자. 『작별하지 않는다』의 어머니처럼, 많은 여성들은 자신의 아픔을 쉽게 드러내지 않는다. 그 침묵 속에 담긴 의미를 찾아보는 것도 중요하다.

넷째, 저항의 다양한 형태들을 발견해보자. 적극적인 항의부터 조용한 거부까지, 여성들은 각자의 방식으로 자신의 목소리를 내고 있다.

다섯째, 세대 간의 차이와 공통점을 찾아보자. 할머니, 어머니, 딸 세대가 겪은 경험은 다르지만, 그 속에서 이어지는 것들도 있다.

이렇게 읽다 보면 한강의 여성 인물들이 더 친근하게 다가올 것이다. 그들은 단순한 소설 속 인물이 아니라, 우리 주변의 살아있는 이웃이며 가족이다. 그들의 고민과 선택, 아픔과 희망은 우리의 것이기도 하다.

특히 『작별하지 않는다』의 모녀처럼, 세대를 건너 이어지는 여성들의 이야기는 오늘날 우리에게 많은 생각거리를 준다. 과거의 상처가 현재에도 영향을 미치고, 그것을 딸 세대가 다시 마주하게 되는 과정은, 많은 한국 가정의 이야기이기도 하다.

한강의 작품을 통해 우리는 여성들의 다양한 삶의 모습을 만난다. 때로는 저항하고, 때로는 침묵하고, 때로는 연대하면서 자신만의 길을 걸어가는 여성들. 그들의 이야기는 우리에게 위로가 되기도 하고, 새로운 관점을 제시하기도 한다.

이런 인물들을 만날 때마다 우리 자신과 주변의 여성들을 떠올려보자. 그들이 걸어온 길, 지금 걷고 있는 길, 그리고 앞으로 걸어갈 길에 대해 생각해보자. 그것이 바로 한강이 우리에게 들려주고 싶었던 이야기일 것이다.

7
작품 속 남성들의 이야기

✘

　한강의 작품에서 남성 인물들은 처음에는 단순해 보이지만, 이야기가 진행될수록 복잡한 내면을 드러낸다. 마치 양파 껍질을 벗기듯 겹겹이 쌓인 그들의 이야기를 따라가다 보면, 우리 주변에서 흔히 볼 수 있는 아버지, 남편, 아들의 모습이 보인다. 특히 세대별로 다른 모습을 보이는 남성 인물들은, 한국 사회의 변화하는 모습을 반영하고 있다.

　『채식주의자』의 남편은 현대 한국 사회의 전형적인 남편 세대를 대표한다. 처음에 매우 평범한 직장인으로 등장하는 그는, 아내의 갑작스러운 변화 앞에서 혼란을 겪는다. 아내가 채식을 선언했을 때, 그의 반응은 우리 주변의 많은 남성들과 비슷하다. 이해하려 하기보다는 통제하려 하고, 대화하기보다는 강요하려 한다. 이 소설을 읽을 때는 특히 세 부분으로 나뉜 서사에서 남성 인물들의 변화에 주목할 필요가 있다. 남편의 시선으로 시작해서, 형부의 예술적 집착, 그리고 마지막 부분에서 이들의 부재가 주는 의미까지, 각 장면이 보여주는 남성들의 내면 변화를 따라가 보자.

『소년이 온다』에서 만나는 남성 인물들은 더욱 다양하다. 계엄군들의 이야기는 특히 주목할 만하다. 역사책에서는 단순히 '가해자'로만 기록되는 이들이지만, 한강은 그들의 내면으로 들어간다. 명령에 따라야 하는 젊은 군인들의 두려움, 폭력에 가담한 후의 죄책감, 평생 지워지지 않는 트라우마까지. 이런 장면들은 우리에게 '악'이라는 것이 얼마나 복잡한 것인지 생각하게 한다. 도청에 남기로 결심한 청년들, 친구의 죽음을 목격한 소년들, 이후 생존자로 살아가는 남성들까지, 각기 다른 선택과 그 결과를 마주한 이들의 이야기를 읽다 보면 역사 속 개인의 의미를 다시 생각하게 된다.

『작별하지 않는다』의 경하 아버지는 우리 시대의 아버지 세대를 떠올리게 한다. 제주 4·3 당시의 기억을 안고 살아가는 그의 모습은, 한국 현대사의 상처를 품고 사는 많은 아버지들과 닮아있다. 과거를 말하지 못하고, 그래서 더 폭력적이 되는 모습은 어쩌면 우리가 잘 아는 모습일지도 모른다. 이런 아버지 세대의 침묵과 폭력이 어떻게 다음 세대에게 영향을 미치는지, 그리고 그것을 극복할 수 있는 가능성은 무엇인지 생각해보게 한다.

한강의 초기작『검은 사슴』에서부터 이어지는 남성 인물들의 특징도 주목할 만하다. 실종된 아버지를 찾아가는 과정에서 만나는 다양한 남성들, 그들이 품고 있는 상처와 비밀들은 이후 한강 작품에서 등장하는 남성 인물들의 원형이 된다.『그대의 차가운 손』의 남성 인물들은 더 복잡한 내면을 지닌 인물들로 발전하고, 이는『채식주의자』와 같은 후기작에서 절정을 이룬다.

한강의 작품을 읽을 때는 이런 남성 인물들의 행동 이면에 숨은 것들을 찾아보면 좋다:

첫째, 그들의 선택 순간에 주목해보자.『소년이 온다』의 계엄군이 방아쇠를 당기는 순간,『채식주의자』의 남편이 아내를 병원으로 데려가기로 결정하는 순간,『작별하지 않는다』의 아버지가 침묵을 선택하는 순간. 이런 결정들이 어떤 맥락에서 이루어졌는지 생각해보자.

둘째, 그들의 변화 과정을 따라가 보자. 처음의 모습과 나중의 모습은 어떻게 다른지, 무엇이 그들을 변화시켰는지 살펴보는 것이다.

셋째, 그들과 비슷한 인물을 우리 주변에서 찾아보자. 어쩌면 우리의 아버지, 삼촌, 이웃집 아저씨의 모습일 수도 있다. 그들이 왜 그렇게 살았는지, 그들의 선택은 어떤 의미였는지 이해하려 노력해보자.

넷째, 폭력의 순환에 주목해보자. 가해자였던 사람이 어떻게 다시 피해자가 되는지, 혹은 그 반대의 경우는 어떤지. 이런 순환을 끊으려면 무엇이 필요할지 생각해보자.

다섯째, 용서와 화해의 가능성을 찾아보자. 『작별하지 않는다』에 서처럼, 세대를 거쳐 이어지는 상처를 어떻게 치유할 수 있을지 고민해 보자.

특히 현대 한국 사회의 변화하는 남성성에 주목해보자. 『채식주의 자』의 남편과 형부는 각각 다른 세대와 가치관을 대표한다. 전통적인 가부장적 태도를 보이는 남편과, 예술가로서 자유로움을 추구하지만 결국 또 다른 형태의 폭력을 행사하는 형부. 이들의 모습은 우리 사회 남성들의 변화와 한계를 동시에 보여준다.

『흰』에 등장하는 남성들은 조금 다른 방식으로 그려진다. 이들은 주로 부재나 상실과 연관되어 등장하는데, 이는 한강이 바라보는 남성성의 또 다른 측면을 보여준다. 백색이라는 색채로 상징되는 순수성이나 결백함과 대비되는 이들의 모습은, 인간의 양면성을 더욱 선명하게 드러낸다.

이처럼 한강의 작품 속 남성들은 단순한 가해자나 피해자의 구도를 넘어선다. 그들은 각자의 시대와 환경 속에서 선택을 강요받았고, 그 선택의 결과로 고통받는 인간이다. 이들의 이야기를 읽는 것은 우리 자신과 우리 시대를 이해하는 또 하나의 방법이 될 수 있다. 한강은 이를 통해 폭력과 상처의 세대 간 전이를 끊어내고, 새로운 관계의 가능성을 모색하고자 한다. 그것이 바로 우리가 이 이야기들을 읽어야 하는 이유일 것이다.

8
우리의 일상이 된 역사

✘

한강의 작품은 우리 사회의 역사적 사건들을 특별한 방식으로 다룬다. 5·18 광주민주화운동이나 제주 4·3 사건과 같은 큰 역사적 사건들을 거창하게 서술하는 대신, 평범한 사람들의 일상적 경험을 통해 보여준다. 이런 접근 방식은 독자들이 역사적 사건을 더 가깝고 생생하게 느끼도록 만든다. 우리 곁의 평범한 사람들이 어떻게 역사적 순간을 마주하고, 그것이 그들의 일상을 어떻게 바꾸었는지 따라가다 보면, 역사책에서는 발견할 수 없는 깊은 통찰을 얻게 된다.

『소년이 온다』는 1980년 5월 광주의 모습을 우리 주변에서 볼 수 있는 평범한 일상의 풍경으로 시작한다. 등굣길의 학생들, 시장의 분주한 모습, 골목길에서 뛰어노는 아이들…… 이런 일상적 장면들이 어느 순간 깨지면서 역사의 비극이 시작된다. 한 소년의 하루, 시신을 수습하는 여성의 하루, 계엄군이었던 한 남자의 하루와 같이, 각자의 자리에서 그날을 겪었던 사람들의 이야기가 차곡차곡 쌓이며 역사의 전체 모습이 드러난다.

『작별하지 않는다』는 제주 4·3 사건을 한 가족의 이야기로 풀어낸다. 서울에 사는 딸이 제주도의 어머니를 찾아가는 평범한 일상이 이야기의 출발점이다. 현재의 시간 속에서 어머니와 딸이 나누는 대화, 함께하는 식사, 산책과 같은 일상적 순간들 사이로 과거의 기억이 스며든다. 말하지 못했던 이야기들, 묻어두었던 상처들이 조금씩 모습을 드러내면서, 한 가족의 역사가 제주의 큰 역사와 만난다.

이런 일상적 접근은 『채식주의자』에서도 찾아볼 수 있다. 이 작품은 평범한 직장인 부부의 일상적인 저녁 식사 장면으로 시작한다. 아내가 갑자기 고기를 먹지 않겠다고 선언하면서 시작된 작은 변화가, 점차 가족 전체의 일상을 뒤흔들고 더 큰 사회적 의미로 확장되어 간다. 일상 속 작은 선택이 어떻게 우리 사회의 폭력성과 억압을 드러내는지 보여준다.

『흰』에서는 우리가 매일 보는 하얀 물건들을 통해 삶과 죽음이라는 큰 주제를 이야기한다. 배냇저고리, 쌀, 소금, 달걀, 구름과 같은 일상적인 사물들이 각각의 이야기를 들려준다. 평범한 하얀 물건들이 모여 인생의 큰 질문들을 던지는 방식은, 우리의 일상이 얼마나 깊은 의미를 품고 있는지 깨닫게 한다.

한강의 작품에서 역사는 거창한 사건이나 영웅적 인물의 이야기가 아니다. 대신 우리 옆집 소년의 이야기이고, 시장에서 만나는 아주머니의 경험이며, 한 가족의 저녁 식사 자리에서 시작되는 변화다. 이런 접근은 독자들이 역사적 사건이나 사회적 문제를 더 깊이 이해하고 공감하게 만든다.

작품 속 인물들은 우리 주변에서 쉽게 만날 수 있는 사람들이다. 『소년이 온다』의 중학생들, 『작별하지 않는다』의 어머니와 딸, 『채식주의자』의 평범한 직장인 부부는 모두 우리의 이웃이나 가족이 될 수 있는 인물들이다. 이들의 일상을 통해 역사적 사건이나 사회 문제를 바라보면, 그것이 더 이상 먼 이야기가 아니라 바로 우리의 이야기가 된다.

독서 가이드로서 시사점과 제안

한강의 작품을 읽을 때는 다음과 같은 방식으로 접근하면 좋다. 먼저 작품의 시작 부분에서 묘사되는 일상적 장면들을 자세히 살펴보자. 예를 들어 『소년이 온다』의 등굣길 장면, 『작별하지 않는다』의 모녀의 일상적 대화, 『채식주의자』의 평범한 저녁 식사 장면 등이다. 이런 장면들이 어떻게 변화하고 깨어지는지 따라가다 보면, 작가가 전하려는 메시지가 자연스럽게 드러난다.

구체적인 읽기 방법으로는:
1. 등장인물들의 평범한 일상을 내 주변 사람들의 모습과 비교해 보기
2. 작품 속 공간(시장, 학교, 가정집 등)을 내가 알고 있는 실제 장소로 대입해보기
3. 인물들이 겪는 사건과 감정을 나의 경험과 연결해보기
4. 각 장면에 등장하는 사물이나 풍경이 가진 상징적 의미 찾아보기
5. 현재와 과거를 오가는 장면들에서 시간의 흐름 따라가 보기

특히 역사적 사건을 다루는 작품을 읽을 때는, 교과서나 뉴스에서 접한 '큰 역사'를 잠시 잊고, 작품 속 인물들의 '작은 역사'에 집중해보자. 『소년이 온다』의 한 장면처럼, "어제까지 학교 앞 분식집에서 떡볶이를 먹던 소년에게 무슨 일이 일어났는지"를 생각하면서 읽으면, 역사적 사건이 우리의 일상과 얼마나 맞닿아 있는지 이해할 수 있다.

『채식주의자』나 『흰』과 같은 작품은 일상적 소재(음식, 하얀 물건들)가 어떻게 더 큰 의미를 가지게 되는지 주목하며 읽어보자. 예를 들어 저

녁 식탁에 오른 고기 한 점, 서랍 속 하얀 양말 한 켤레가 어떻게 인간의 폭력성이나 상실감을 이야기하게 되는지 살펴보는 방식이다.

이렇게 일상의 렌즈를 통해 작품을 읽다 보면, 처음에는 어렵게 느껴졌던 한강의 작품이 우리의 이야기로 다가오는 것을 경험할 수 있다. 그리고 그 과정에서 우리는 현재를 살아가는 우리의 일상이 얼마나 소중하고 의미 있는지, 또 그것이 어떻게 미래의 역사가 되어가는지 깨닫게 될 것이다.

작품 이해를 위한 10가지 가이드
(파트 1)

한강 작가의 작품은 깊은 주제 의식과 독특한 문체로 인해 많은 독자들에게 매력적이지만, 동시에 난해하게 느껴질 수 있다. 특히 노벨문학상 수상 이후 그녀의 작품을 처음 접하는 독자들은 다양한 어려움에 직면할 수 있다. 이러한 독자들이 작품을 더욱 쉽게 이해하고 감상할 수 있도록 예상되는 상황들을 살펴보고, 그에 따른 해결책을 제시하고자 한다.

첫 번째로, 독특한 은유와 상징체계로 인해 혼란을 겪는 경우가 있다. 대학생인 민수는 노벨문학상을 수상한 한강 작가의 『채식주의자』를 읽기 시작한다. 그러나 식물이 되어가는 주인공의 모습이 현실적으로 이해되지 않아 혼란스러워한다. 이러한 상징들이 무엇을 의미하는지 감을 잡기 어렵기 때문이다.

이러한 상황에서는 작품 속 반복되는 이미지와 상징에 주목하고, 그것들이 주제와 어떻게 연결되는지 생각해보면 도움이 된다. 예를 들어, '식물'이나 '나무'는 영혜의 자유에 대한 갈망과 사회적 억압으로부터의 탈출을 상징한다. 직접적인 해석보다 작품의 분위기와 인물의 감정에 집중하여 상징의 의미를 추론해볼 수 있다. 자신만의 해석을 시도하고, 이를 통해 작품과 개인적인 연결을 만들어 나가는 과정도 중요하다.

두 번째로, 함축적인 서술방식으로 인해 이해의 어려움을 느끼는 경우가 있다. 직장인인 수진은 『소년이 온다』를 읽으며 사건의 전개가 직접적으로 드러나지 않아 이해하기 힘들다고 느낀다. 작가가 의도적으로 생략한 부분들이 많아 이야기를 따라가기 어렵기 때문이다.

이럴 때는 행간의 의미를 찾고, 작가가 의도적으로 서술하지 않은 부분을 상상하며 이야기를 채워나가는 노력이 필요하다. 인물들의 미묘한 행동 변화나 말하지 않는 감정에 주목하면 숨겨진 의미를 발견할 수 있다. 메모를 활용하여 의문점이나 떠오르는 생각을 기록하고, 전체적인 맥락에서 그 의미를 다시 생각해보는 것도 도움이 된다. 이러한 과정을 통해 작품의 숨겨진 의미를 발견할 수 있다.

세 번째로, 시적 문체의 낯섦으로 인해 거리감을 느끼는 독자들도 있다. 문학에 관심이 많은 희진은 『흰』을 읽으며 시적인 문체와 독특한 리듬감에 익숙하지 않아 읽기가 어렵다고 느낀다. 문장이 아름답지만 그 의미를 이해하기 위해서는 여러 번 읽어야 하기 때문이다.

이러한 경우에는 천천히 소리 내어 읽으며 문장의 리듬과 운율을 느껴보는 방법이 좋다. 비유와 은유를 감상하며 그 안에 담긴 이미지와 감정을 음미한다. 문장의 아름다움에 집중하고, 빠르게 읽기보다 한 문장씩 곱씹어보는 방법도 도움이 된다. 이를 통해 작품의 분위기와 감정을 더욱 깊이 느낄 수 있다.

네 번째로, 무거운 주제로 인해 정서적 부담을 느끼는 경우가 있다. 감수성이 예민한 민준은 『소년이 온다』의 폭력적인 장면과 역사적 비극을 다루는 내용에 감정적으로 힘들어한다. 작품을 읽는 동안 슬픔과 불안감이 커져 읽기를 멈추고 싶어지기도 한다.

이럴 때는 작품이 다루는 주제에 대해 미리 인지하고 마음의 준비를 하는 과정이 중요하다. 감정적으로 힘들다면 잠시 휴식을 취하고, 작품을 천천히 소화한다. 인물들의 고통에 공감하며 읽되, 그것이 현실과 구분되는 허구임을 상기하는 것도 도움이 된다. 필요하다면 주변 사람들과 작품에 대해 이야기하며 감정을 공유하면 불편한 감정들이 조금 사라지기도 한다,

다섯 번째로, 다층적 구조로 인해 혼란을 느끼는 독자들도 있다. 독서를 좋아하는 선영은 『채식주의자』의 세 부분이 서로 다른 인물의 시점으로 진행되어 이야기를 따라가기 어렵다고 느낀다. 각 부분이 어떻

게 연결되는지 이해하는 데 어려움을 겪는다.

이러한 경우에는 작품의 전체적인 구조를 파악하기 위해 각 부분의 인물 관계와 사건을 정리해보면 좋다. 노트나 다이어그램을 활용하여 인물들 간의 연결성과 사건의 흐름을 시각화하면 도움이 된다. 중요한 요소나 반복되는 주제에 주목하여 그것들이 작품 전체에서 어떤 역할을 하는지 생각해보는 것도 필요하다.

독자들이 한강의 작품을 읽으며 마주할 수 있는 첫 번째부터 다섯 번째 상황과 그에 따른 해결책을 제시하였다. 이러한 가이드가 독자들이 작품에 대한 이해와 감상을 더욱 깊게 하고 공감하는 데 도움이 되기를 소망한다.

이번 파트 2에서는 나머지 다섯 가지 상황을 통해 독자들이 작품을 더욱 깊이 이해하고 즐길 수 있도록 가이드를 더 제시한다.

여섯 번째로, 열린 해석의 가능성으로 인해 혼란을 느끼는 독자들이 있을 수 있다. 독서 모임에 참여한 지영은 『흰』을 읽은 후 다른 참가자들과 작품에 대해 이야기를 나눈다. 그런데 각자가 작품을 해석하는 방식이 너무나 달라서 어떤 해석이 맞는 것인지 혼란스러워한다. 확실한 답을 찾고 싶지만, 작품이 명확한 결론을 제시하지 않아 답답함을 느낀다. 이러한 경우, 한강 작가가 작품에서 하나의 정답을 제시하기보다 다양한 해석의 가능성을 열어둔다는 점을 이해하는 것이 중요하다. 이는 작품의 깊이를 더하고 독자들에게 생각할 여지를 주기 위함이다. 따라서 확실한 답을 찾기보다 작품이 불러일으키는 감정과 생각에 집중하면 좋다.

다른 사람들의 해석을 들어보며 작품을 여러 각도에서 바라보는 것은 작품에 대한 이해를 넓히는 데 도움이 된다. 또한 작품을 읽으며 느낀 점을 바탕으로 자신만의 해석을 만들어가는 것도 중요하다. 이는 작품과 개인적인 연결을 강화해준다. 해석의 다양성을 인정하고 토론을 통해 새로운 시각을 얻을 수 있으며, 이는 독서의 즐거움을 배가시킨다.

일곱 번째로, 작가의 개인적 경험과 역사적 맥락의 부족으로 인해 작품 이해에 어려움을 겪을 수 있다. 고등학생인 영수는 『소년이 온다』를 읽으며 작품의 배경이 되는 5·18 광주민주화운동에 대해 잘 알지 못해 이야기의 깊은 의미를 이해하기 어렵다. 작가의 개인적 경험이 작품에 어떻게 반영되었는지도 궁금하지만 정보가 부족하다.

이러한 경우에는 작품의 배경과 작가의 경험을 이해하면 작품의 의미를 더욱 깊이 있게 파악할 수 있다. 작품에서 다루는 역사적 사건에 대해 알아보는 것이 첫걸음이다. 인터넷 검색이나 관련 서적을 통해 5·18 광주민주화운동의 경과와 의미를 파악하면 도움이 된다. 또한, 한강 작가의 인터뷰나 에세이를 찾아 읽어보면 작가가 작품을 통해 전달하고자 하는 메시지나 개인적 경험을 알 수 있다. 작품에 대한 해설서나 비평 문헌을 참고하여 작품의 배경과 맥락을 이해하는 것도 좋은 방법이다.

여덟 번째로, 한국 사회의 특수성으로 인해 작품 이해에 한계를 느낄 수 있다. 외국인 독자인 제인은 번역된 『채식주의자』를 읽으며 한국 사회의 문화적 맥락을 이해하지 못해 인물들의 행동과 사건 전개의 이유를 파악하기 어렵다. 이러한 경우, 작품의 문화적 배경을 이해하면 인물들의 행동과 감정을 더 잘 파악할 수 있다.

한국의 가족 구조, 사회적 관습, 가부장제 등의 문화적 요소에 대해 알아보면 도움이 된다. 인터넷에서 한국 문화와 관련된 기사나 영상을 찾아보며, 예를 들어 한국의 식문화나 가족 관계에 대한 정보를 얻을 수 있다. 자신의 문화와 비교하여 생각해보면 작품의 보편성과 특수성을 모두 파악할 수 있으며, 이는 작품의 이해를 높이는 데 큰 도움이 된다.

아홉 번째로, 언어 표현의 낯섦으로 인해 작품 이해에 어려움을 겪을 수 있다. 시인이 되고 싶은 민영은 『흰』을 읽으며 한강 작가의 독특한 표현 방식과 언어의 사용이 낯설게 느껴진다. 기존에 익숙한 문체와 달라서 작품의 의미를 포착하기 어렵다.

이러한 경우에는 한강 작가가 언어의 한계에 도전하며 새로운 표현 방식을 시도한다는 점을 이해하고 열린 마음으로 접근하는 것이 중요하다. 익숙하지 않은 표현에 대해 거부감보다 호기심을 가지고 접근하자. 새로운 표현이 불러일으키는 감정과 이미지를 느껴보는 것도 좋은 방법이다. 언어적인 의미보다 그것이 전달하는 감정과 이미지를 상상해보면 작품의 깊은 의미를 발견할 수 있다. 처음에는 이해하기 어려웠던 부분도 여러 번 읽으면 새로운 의미를 발견할 수 있으므로 재독하는 방식을 추천한다.

마지막으로, 철학적 사유의 깊이로 인해 작품이 난해하게 느껴질 수 있다. 철학에 관심이 없는 진호는 『채식주의자』를 읽으며 작품이 던지는 인간 존재에 대한 근원적 질문들이 어렵게 느껴진다. 이러한 철학적 사유를 따라가기 힘들어 작품에 몰입하기 어렵다.

이러한 경우에는 작품이 던지는 질문에 대해 천천히 생각해보고, 일상과 연결하여 사유해보는 방식이 도움이 된다. 작품을 읽은 후 시간을 두고 작품이 던지는 질문에 대해 생각해보자. 이는 작품의 의미를 더욱 깊이 이해하는 데 도움이 된다. 또한, 작품에서 다루는 주제와 관련된 철학적 개념이나 사상가의 이론을 간단히 알아보면 도움이 될 수 있다. 예를 들어 존재론, 실존주의 등의 개념을 참고하면 작품의 이해에 도움이 된다. 작품의 주제를 자신의 삶과 연결하여 생각해보면 더 깊은 깨달음을 얻을 수 있다. 예를 들어, 자유에 대한 갈망이나 사회적 억압에 대한 느낌은 누구나 한 번쯤 경험해봤을 수 있다.

한강 작가의 작품은 처음에는 어렵게 느껴질 수 있지만, 이러한 가이드들을 활용하면 작품의 깊은 의미와 아름다움을 발견할 수 있다. 작품을 읽으며 마주하는 어려움은 새로운 시각과 사고방식을 얻는 과정의 일부이다. 독자들은 작품과의 대화를 통해 자신만의 해석을 만들어가며, 한강이 던지는 질문에 대한 답을 찾아가는 여정을 즐길 수 있다. 이는 단순한 독서 이상의 의미 있는 경험이 될 것이다.

한강의 작품은 우리에게 새로운 시각과 사고방식을 제시하며, 현실을 바라보는 새로운 렌즈를 제공한다. 인간 존재의 본질적 문제들에 대해 깊이 있게 사유할 기회를 주며, 작품의 난해함은 이러한 깊은 사유와 성찰의 과정을 위한 필연적인 요소일 수 있다. 독자들은 작품과의 대화를 통해 자신의 내면을 들여다보고, 세상을 바라보는 새로운 관점을 발견할 수 있다.

한강 작가의 작품을 읽는 과정은 단순한 독서 이상의 경험이다. 이는 자기 자신과 세상에 대한 깊은 이해와 성찰을 가능하게 하며, 삶의 의미를 되새기는 소중한 시간이 될 것이다. 이러한 여정에서 독자들이 느낄 수 있는 어려움은 성장과 깨달음을 위한 밑거름이 될 것이며, 그 과정에서 얻는 감동과 통찰은 무엇과도 바꿀 수 없는 귀중한 선물이 되기를 소망한다.

3장
한강 문학의 미답지:

우리가 상상하는 작가와 작품의 이면

1
작가에게 묻고 싶은 10가지 질문

✖

밤마다 한강의 책을 읽으며 떠오르던 질문들을 꺼내본다. '채식주의자'를 읽다가 식은땀을 흘리며 책을 덮었던 새벽, '소년이 온다'를 읽고 아무 말도 못 했던 날, '흰'을 읽고 서점 한편에서 울컥했던 순간들…… 그때마다 작가에게 물어보고 싶었던 질문들이 여전히 내 마음에 남아 있다.

1. 영혜는 지금 어디서 무엇을 하고 있을까요?

이 질문이 가장 먼저 떠오른다. 소설이 끝난 후의 영혜가 너무 궁금하다. 여전히 병원 어딘가에 있을까? 아니면 정말 나무가 되어 숲속 어딘가에서 살고 있을까? 가끔 퇴근길에 가로수를 보면, 그중 한 그루가 영혜일지도 모른다는 생각이 든다. 바람에 잎사귀를 살랑거리는 나무를 볼 때마다 영혜가 떠오른다.

2. '소년이 온다'를 쓰실 때 가장 힘들었던 순간은 언제였나요?

이 질문은 내가 책을 읽으며 여러 번 멈춰야 했던 순간들 때문에 떠오른다. 시체 닦는 소녀의 이야기를 쓸 때, 동호의 마지막 순간을 쓸 때…… 작가는 얼마나 많은 밤을 뜬눈으로 지새웠을까. 나는 읽는 것만으로도 숨이 막혔는데, 그걸 쓰는 일은 얼마나 고통스러웠을까.

3. '흰'에서 묘사된 62가지의 흰 것들 중 가장 특별한 것은 무엇인가요?

나는 '배내옷'이 가장 기억에 남는다. 태어난 지 얼마 되지 않아 세상을 떠난 아기의 하얀 배내옷을 보며 한참을 울었다. 작가에게는 어떤 '흰 것'이 가장 특별할까? 어쩌면 그건 우리가 발견하지 못한, 책에 쓰이지 않은 어떤 하얀 것일지도 모른다.

4. '작별하지 않는다'의 두 여성은 결국 서로를 용서할 수 있었을까요?

이 질문은 책을 덮은 후에도 오랫동안 내 마음에 남았다. 역사의 상처는 과연 치유될 수 있는 걸까? 용서와 화해는 가능한 걸까? 가끔 뉴스를 보다가 제주 4·3에 관한 이야기를 접하면, 나는 자연스럽게 그 두 여성을 떠올리게 된다.

5. 왜 항상 '몸'을 통해 이야기를 전하시나요?

영혜의 마르는 몸, 동호의 상처받은 몸, '흰'에서 사라진 아기의 몸…… 한강의 모든 작품에서 '몸'은 중요한 의미를 지닌다. 내 몸도 작품을 읽을 때마다 반응했다. 가슴이 조여들고, 숨이 막히고, 눈물이 흐르고. 그래서 더 궁금하다. 왜 '몸'을 통해 이야기하시는지.

6. 작품 속 나무들은 어떤 의미인가요?

영혜가 되고 싶어 했던 나무, '소년이 온다'의 배롱나무, '작별하지 않는다'의 삼나무…… 작품마다 등장하는 나무들이 자꾸 겹쳐 보인다. 출퇴근길에 마주치는 나무들을 보며 생각한다. 저 나무들도 우리의 역사를 지켜보고 있었을까. 우리의 아픔을 보고 있었을까.

7. 작가님의 글쓰기는 어디에서 시작되나요?

이건 정말 궁금하다. 새벽에 일어나 글을 쓰시는지, 밤늦게까지 책상에 앉아 계시는지. 창밖을 바라보며 문득 떠오르는 문장이 있는지. 나는 한강의 책을 읽다가 문장 하나에 가슴을 세게 맞은 것 같은 기분을 느낄 때가 있다. 그 문장들은 어디에서 오는 걸까?

8. '채식주의자'의 영혜와 '작별하지 않는다'의 인선은 어떤 관계일까요?

이상하게도 나는 이 두 인물이 어딘가 연결되어 있을 것 같다는 느낌을 받는다. 폭력에 저항하는 방식은 달랐지만, 둘 다 자신만의 방식으로 세상과 맞서 싸웠다. 영혜가 침묵으로 저항했다면, 인선은 기억하기로 저항했다. 세대는 다르지만 각자의 방식으로 폭력에 대항한 두 여성. 작가에게 이 두 여성은 어떤 존재일까?

9. '흰'을 쓰실 때 실제로 하얀 것들을 수집하셨나요?

이 질문은 내가 책을 읽고 나서부터 하얀 것들을 모으기 시작했기 때문에 떠오른다. 내 방 한구석에는 하얀 조개껍데기, 흰 돌멩이, 하얀 깃털들이 조금씩 쌓여간다. 작가도 이렇게 하얀 것들을 모으면서 글을 썼을까? 아니면 머릿속에 있는 하얀 것들의 목록을 꺼내 썼을까?

10. 소설 속 인물들의 이름을 지을 때 특별한 기준이 있나요?

영혜, 인혜, 동호, 인선…… 이름 하나하나가 의미심장하게 느껴진다. 특히 '소년이 온다'의 동호라는 이름은 오래도록 내 마음에 남았다. 마치 누군가를 기다리는 이름 같아서. 실제로 알고 계신 분들의 이름을 사용하시는 건지, 아니면 각 인물의 성격이나 운명을 담아 지으시는 건지 궁금하다.

책을 읽을 때마다 이런 질문들이 물밀 듯이 밀려온다. 가끔은 한강 작가와 마주 앉아 차 한 잔을 마시며 이런 이야기들을 나눌 수 있다면 얼마나 좋을까 상상해본다. 아마도 작가는 내 질문에 또 다른 질문으로

답해줄 것 같다. 그리고 그 대화는 밤이 깊어가는 줄도 모르고 이어질 것이다.

하지만 이런 상상 속의 대화도 충분히 의미 있다. 질문을 던지고, 나름의 답을 찾아가는 과정에서 작품은 더욱 깊어지고, 내 삶의 여러 장면들과 만나 새로운 의미를 만들어낸다. 어쩌면 이것이야말로 문학이 가진 가장 큰 매력 아닐까. 작가와 독자가 책을 매개로 끝없는 대화를 나누는 것. 오늘도 나는 한강의 책을 펼치며 새로운 질문들을 만난다. 그리고 그 질문들은 또 다른 질문들을 낳고…… 이렇게 우리의 대화는 계속된다.

2
작품의 결말에 대한 질문

✴

책의 마지막 장을 덮고 나면, 한강의 작품들은 계속해서 생각할 거리를 던져준다. 대부분 작품이 명확한 결말 없이 끝나기 때문에, 그 여운이 독자마다 다르게 남는다. 한강의 결말은 미완성이 아닌, 삶의 복잡함과 사람 마음의 여러 겹을 생각하게 만든다.

'채식주의자'는 영혜가 병원 침대에 누워 창밖을 바라보는 장면으로 끝난다. "그럼 안녕"이라는 언니 인혜의 마지막 인사가 가슴을 먹먹하게 한다. 영혜의 시선이 병원 창밖에 고정되어 있는 모습은, 단순히 병원에 갇힌 모습이 아니라 사회의 틀에서 벗어나려 했던 그녀의 마지막 선택으로도 볼 수 있다.

영혜가 나무가 되고 싶어했던 것은 자연과 하나가 되고 싶은 순수한 바람이면서, 동시에 폭력적인 세상에서 벗어나려는 몸부림이기도 했다. 한강은 영혜의 결말을 통해 우리가 자연과 얼마나 멀어졌는지, 또 사회의 규칙 속에 갇힌 우리의 자유는 어디에서 찾을 수 있는지 묻는다. 결말이 열려 있어서 영혜가 정말 자연과 하나가 되었는지, 아니면 여전히 병실에 갇혀 있는지는 우리의 상상에 맡겨졌다.

'소년이 온다'의 마지막에서 정대는 오랜 시간이 지나 광주를 다시 찾는다. 그는 눈을 감고 옛 기억과 마주한다. 이 장면은 과거의 상처가 완전히 아물었다거나 모든 게 용서되었다는 뜻이 아니다. 오히려 그 상처가 아직도 아물지 않았음을 보여준다. 정대가 눈을 감은 순간은 과거의 아픔을 받아들이면서도 앞으로 나아가려는 시도를 보여준다.

광주 배롱나무의 꽃은 폭력과 슬픔을 기억하면서도, 그 속에서 피어나는 새 생명을 보여준다. 이 결말은 역사의 상처가 쉽게 잊히지 않겠지만, 그 상처를 안고도 살아가야 하며 그 과정에서 화해와 성장이 가능함을 말해준다. 정대가 눈을 감는 모습은 기억과의 화해, 그리고 과거를 받아들이며 앞으로 나아가야 하는 우리의 모습을 담고 있다.

'흰'의 결말에서는 하얀 것들의 목록이 끝나고 침묵만 남는다. 작가는 마치 65번째 이후의 '흰 것'을 독자들이 찾아보라고 말하는 것 같다. 이는 독자 스스로 자신의 삶에서 '흰 것'을 발견하라는 초대장 같다.

'흰'의 마지막 부분은 단순히 이야기가 끝난 게 아니라, 그 침묵 속에서 우리가 의미를 찾길 바란다. 흰색은 삶의 시작과 끝, 순수함과 상실, 죽음과 치유를 모두 담고 있다. 침묵으로 끝나는 결말은 우리에게 상실을 받아들이고 그 속에서 새로운 의미를 찾을 수 있는 힘을 준다.

'작별하지 않는다'의 결말에서 두 여성은 완벽한 화해나 용서에 이르지 않는다. 대신 그들은 '작별하지 않기'로 마음을 정한다. 이건 단순히 헤어지지 않겠다는 뜻이 아니다. 과거와 작별하지 않고, 그 기억을 현재와 미래로 가져가겠다는 결심이다.

이렇게 보면 한강의 작품들이 특별한 이유는 그 결말이 우리의 삶과 닮아있기 때문이다. 영혜의 나무가 되고 싶은 소망, 정대의 기억과의 화해, '흰'의 화자가 찾는 하얀 것들, 그리고 '작별하지 않는다'의 두 여성의 결심은 모두 우리 삶 속에서 마주치는 순간들이다. 한강은 열린 결말을 통해 삶의 복잡함과 모순, 그리고 우리가 계속 성장하고 변화할 수 있다는 가능성을 보여준다.

이런 열린 결말은 작가가 우리에게 각자의 이야기를 만들어보라고 하는 따뜻한 초대다. 결말이 없다는 건 가능성이 끝없다는 뜻이다. 한강은 확실한 답을 주는 대신, 우리가 직접 질문하고 답을 찾아가는 여정을 제안한다. 영혜는 정말 나무가 되었을까? 정대는 과거의 상처를 안고 살아갈 수 있을까? '흰'의 다음 장에는 어떤 하얀 것이 있을까? 이런 질문들은 우리가 스스로 찾아가야 할 답이고, 한강의 작품은 그 길을 함께 걸을 용기를 준다.

한강의 열린 결말은 우리에게 불확실한 것을 두려워하지 말고 삶의 한 부분으로 받아들이라고 말한다. 결말이 정해지지 않았다는 건 우리가 직접 선택하고 상상할 수 있다는 뜻이다. 이건 삶과도 비슷하다. 우리 삶도 어디로 갈지 모르는 불확실함 속에 있고, 그 속에서 우리는 각자의 길을 만들어간다.

영혜가 꿈꾸던 나무의 삶은 자유를 찾아가는 여정의 상징일 수 있다. 정대가 눈을 감으며 떠올린 광주의 배롱나무꽃은 아픔 속에서도 희망을 찾는 우리의 모습을 보여준다. '흰'에서의 공간은 우리가 채워나가야 할 것들이고, '작별하지 않는다'에서 두 여성의 선택은 기억을 안고 살아가는 용기를 보여준다.

한강의 열린 결말은 우리에게 삶이 완벽하지 않아도 괜찮다고, 그 안에서 자신만의 이야기를 써나가도 된다고 말한다. 우리는 매일 새로운 결말을 만들어가고, 그 결말들이 모여 우리의 삶이 된다. 한강이 남긴 여운은 우리에게 계속 생각하고, 상상하고, 살아가라고 속삭인다.

이제는 결말이 없다고 해서 두렵지 않다. 오히려 그 불완전함 속에 더 큰 가능성이 있다는 걸 알게 되었다. 한강의 결말들은 끝이 아닌 또 다른 시작이다. 우리는 각자의 방식으로 그 이후의 이야기를 이어가며, 매일 밤 조금씩 다른 이야기를 꿈꾸며 살아간다. 그게 바로 한강이 우리에게 준 선물이다. 열린 결말 속에서 자신만의 이야기를 만들어갈 용기와 상상력, 그리고 삶을 살아갈 힘을 준 것이다.

3
등장인물들의 뒷이야기

✖

책을 다 읽고 나서도 가끔 등장인물들이 내 일상에서 마주치는 것 같다. 출근길 카페에서 우연히 마주친 여자가 '채식주의자'의 인혜처럼 보이고, 저녁 무렵 시장에서 만난 할머니의 눈빛에서 '작별하지 않는다'의 인선을 발견한다. 이렇게 한강의 소설 속 인물들은 우리 주변 어딘가에서 살아가는 것 같다.

'채식주의자'의 인혜는 아마 지금도 매주 토요일이면 동생 영혜가 있는 병원을 찾아갈 것이다. 처음에는 동생의 병실 앞에서 한참을 서성이다가 돌아섰을 테지만, 이제는 조금씩 용기를 내어 문을 열고 들어간다. 병실에 앉아 동생에게 책을 읽어주기도 하고, 지난주에 있었던 일들을 이야기하기도 한다. 영혜는 여전히 창밖만 바라보고 있지만, 언니의 목소리는 듣고 있을지도 모른다.

'소년이 온다'의 은숙은 이제 작은 서점을 운영한다. 처음 몇 년간은 악몽에 시달렸지만, 이제는 꿈에서 동호와 다른 친구들을 만나 이야기를 나누기도 한다. 매년 5월이 되면 서점 한쪽에 5·18 관련 책들을 진열해두고, 찾아오는 젊은이들에게 조용히 그날의 이야기를 들려준다. 동네 사람들은 은숙의 서점을 '기억의 책방'이라고 부른다.

'흰'의 화자는 여전히 하얀 것들을 모으고 있다. 다만 이제는 그 의미가 조금 달라졌다. 예전에는 상실과 슬픔을 떠올리게 했던 하얀색이, 이제는 새로운 시작과 희망을 의미하기도 한다. 어느 날은 어린이집 앞에서 마주친 아이들의 하얀 웃음을, 또 어느 날은 새로 이사 간 집의 하얀 벽을 보며 평화로움을 느낀다.

'작별하지 않는다'의 경하는 지금쯤 제주도의 작은 마을에 살고 있을 것이다. 어머니 인선이 살았던 곳은 아니지만, 바다가 보이는 조용한 마을을 골랐다. 그곳에서 옛 사진들을 정리하며 어머니의 이야기를 글로 쓰고 있다. 처음에는 괴로웠지만, 이제는 그 기억들이 삶의 일부가 되었다.

'채식주의자'의 형부는 더 이상 영혜를 찍지 않는다. 대신 도시의 나무들을 카메라에 담는다. 특히 아스팔트를 뚫고 자란 나무들에 관심이 많다. 콘크리트 틈새로 솟아난 작은 새싹부터 높은 빌딩 사이를 비집고 자란 큰 나무까지, 그의 사진전에는 도시의 나무들이 가득하다.

'소년이 온다'에서 시체를 닦던 소녀는 이제 중년이 되어 병원에서 일한다. 더 이상 시신을 다루지는 않고, 대신 갓 태어난 아기들을 돌보는 일을 한다. 매일 아침 출근하면서 병원 앞 배롱나무를 바라본다. 꽃이 필 때면 잠시 발걸음을 멈추고 그날의 친구들을 생각한다. 삶과 죽음이 교차하는 순간마다, 그녀의 마음은 따뜻한 그리움으로 가득 찬다.

'작별하지 않는다'의 마을에는 작은 기념관이 생겼다. 처음에는 마을 사람들도 그곳을 꺼렸지만, 이제는 마을의 자랑거리가 되었다. 초등학생들이 견학을 오면 마을 할머니들이 직접 설명을 해준다. 그날의 이야기를 나누면서 마을 사람들도 조금씩 마음의 상처가 아물어간다.

한강 작품 속 인물들은 각자의 방식으로 아픔을 안고 살아간다. 어떤 이는 과거의 기억을 조용히 간직한 채로, 어떤 이는 그 기억을 글로 쓰면서, 또 어떤 이는 다른 사람들과 나누면서. 이들의 삶은 완벽하지 않지만, 그래서 더욱 우리와 닮았다. 우리는 그들의 이야기를 통해 삶의 복잡함과 아름다움을 배운다.

가끔은 이 인물들과 마주치는 상상을 한다. 어느 봄날, 은숙의 서점에 들러 차 한 잔 마시며 이야기를 나누고, 제주도의 작은 마을에서 경하를 만나 어머니 이야기를 듣고, 병원 정원에서 나무가 된 영혜의 잎사귀를 만지는 상상. 그들은 더 이상 책 속 인물이 아닌, 우리 곁의 누군가가 되어 있다.

이것이 한강의 작품이 가진 가장 큰 힘이다. 책 속 인물들이 우리의 이웃이 되고, 그들의 아픔이 우리의 것이 되며, 그들의 희망이 우리의 희망이 된다. 그래서 우리는 계속해서 그들의 이야기를 상상하고, 이어가고, 나누게 된다.

작품이 끝나도 이야기는 계속된다. 우리가 그들을 기억하는 한, 영혜는 여전히 나무가 되어가고, 동호는 배롱나무 꽃잎이 되어 날리며, 인선과 경하는 서로를 향해 한 걸음씩 다가가고 있다. 우리도 그들과 함께 각자의 이야기를 써 내려간다.

이제 나는 안다. 문학의 힘은 바로 이런 것이란 걸. 끝나지 않는 이야기로 우리를 이어주고, 위로하고, 살아가게 하는 힘. 한강의 인물들은 오늘도 어딘가에서 숨 쉬고 있다. 그리고 우리에게 그 이야기를 계속하라고 속삭인다.

2부

함께 읽으면, 더 깊게 이해하고
공감할 수 있다

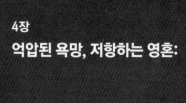

4장

억압된 욕망, 저항하는 영혼:

채식주의자, 영혜

독서 토론을 시작하기 전에, 『채식주의자』에 대한 간략한 소개를 하겠습니다. 한강 작가의 『채식주의자』는 세 개의 중편소설로 구성된 연작 소설입니다. 주인공 영혜가 갑자기 채식을 선언하면서 벌어지는 일들을 다루고 있습니다. 작품은 영혜의 남편, 형부, 그리고 언니의 시선을 통해 이야기가 전개되며, 인간의 본성과 욕망, 사회적 억압과 자유에 대한 깊은 질문을 던집니다.

주요 등장인물:

영혜: 평범한 주부였지만, 어느 날 악몽을 꾼 후 갑자기 고기를 먹지 않겠다고 선언합니다. 그녀의 행동은 가족과 사회에 큰 파장을 일으킵니다.

영혜의 남편: 영혜의 갑작스러운 변화에 당황하고 불만을 품지만, 그녀를 이해하려는 노력보다는 자신의 체면과 편의를 더 중요시합니다.

형부: 예술가로서 영혜에게 강한 매력을 느끼고, 그녀를 예술 작품의 소재로 삼으려 합니다.

언니 인혜: 가족 중 유일하게 영혜를 진심으로 걱정하지만, 결국 자신의 한계와 무력함을 느끼게 됩니다.

작품의 주요 주제:

자아와 자유: 영혜의 채식 선언은 그녀의 내면 깊숙한 곳에서부터의 자아 찾기이자 사회적 억압에서 벗어나려는 몸부림으로 해석됩니다.

사회적 억압과 규범: 가족과 사회는 영혜의 행동을 이해하지 못하고, 그녀를 정상으로 되돌리려는 압력을 가합니다.

인간의 본성과 폭력성: 작품은 인간 내면의 어둡고 폭력적인 면을 드러내며, 그것이 어떻게 나타나고 억압되는지를 보여줍니다.

욕망과 예술: 형부와의 관계를 통해 예술과 욕망, 그리고 도덕성의 경계에 대한 질문을 던집니다.

줄거리 요약:

첫 번째 부분 ("채식주의자"): 영혜는 악몽을 꾼 후 고기를 포함한 모든 동물성 음식을 거부합니다. 가족들은 그녀의 행동을 이해하지 못하고 강제로 고기를 먹이려 하지만, 영혜는 점점 더 내면의 세계로 침잠합니다.

두 번째 부분 ("몽고반점"): 영혜의 형부는 그녀의 몽고반점을 보고 강한 예술적 영감을 받습니다. 그는 영혜와 함께 신체에 꽃을 그려 예술 작품을 만들고자 하고, 둘 사이에는 금기를 넘는 관계가 형성됩니다.

세 번째 부분 ("나무 불꽃"): 영혜는 정신 병원에 입원하게 되고, 언니 인혜는 그녀를 돌보면서 자신의 삶과 선택에 대해 돌아보게 됩니다. 영혜는 점점 인간의 모습을 벗어나 나무가 되고자 하는 욕망을 드러냅니다. 『채식주의자』는 인간의 내면과 사회적 관계, 욕망과 억압에 대한 복잡한 질문을 던지는 작품입니다. 영혜의 극단적인 선택과 변화를 통해 작가는 개인의 자유와 사회적 규범 사이의 갈등, 그리고 인간 존재의 본질에 대한 깊은 성찰을 이끌어냅니다.

1
채식주의가 상징하는 것들

✖

목요일 저녁, 퇴근 후 합정동 카페 '쉼표'에 독서 모임 멤버들이 하나둘 모여들었다. 오늘은 한강 작가의 소설, 『채식주의자』를 읽고 첫 토론을 하는 날이다. 2016년 맨부커상을 수상한 작품이라 그런지, 모두의 얼굴에 기대감이 가득했다. "드디어 이 책을 읽게 되다니!", "맨부커상 수상작은 처음 읽어봐!", "해외에서 먼저 인정받은 한국 소설이라니, 왠지 뿌듯해!" 등의 흥분된 목소리들이 카페 안을 가득 채웠다.

나는 멤버들을 둘러보며 흐뭇한 미소를 지었다. 30년 넘게 회사 생활을 하면서, 10년 넘게 이 독서 모임을 이끌어왔다. LG그룹 계열사에서 처음 시작된 이 모임은, 이제는 의사, 변호사, 교수, 예술가 등 다양한 분야의 사람들이 함께하는 열린 공간이 되었다. '아웃풋 독서법'과 '선택적 필사의 힘'의 저자로서, 그리고 신춘문예 등단 시인으로서, 나는 사람들에게 책 읽는 즐거움을 전하고, 함께 성장하는 기쁨을 누리고 있다. '시를 품은 사람들'이라는 시 낭송과 창작 모임도 운영하며, 문학을 통해 세상과 소통하고 있다.

"저녁 먹으면서 영혜 생각이 계속 나더라구요."

연구소에 근무하는 김 박사가 조심스럽게 운을 뗐다.

"고기를 씹는데, 영혜의 꿈 장면, 그 피 냄새 가득한 장면이 자꾸 떠올라서……."

김 박사는 마치 자신의 입안에 아직도 피 맛이 남아있는 듯, 얼굴을 찡그렸다.

"소설 속 묘사가 너무 생생해서, 저도 모르게 육식에 대한 거부감이 들었어요."

"저도요."

마케팅팀 최 과장이 김 박사의 말에 맞장구를 쳤다.

"요즘 마트 정육 코너 지나가기가 힘들어요. 진열된 고기들을 보는 시선이 예전 같지 않아요. 뭔가 섬뜩하다고 해야 할까……."

최 과장은 손으로 목을 긋는 시늉을 하며 몸서리를 쳤다.

"예전에는 그냥 맛있는 음식 재료였는데, 이제는…… 뭐랄까…… 죽음의 잔재들을 마주하는 느낌이에요. 마치 도축장의 참혹한 현실이 눈 앞에 펼쳐지는 것 같아요."

"맞아요, 저도 그래요."

변호사인 이 부장이 힘없이 고개를 끄덕였다.

"지난 주말에 가족끼리 오랜만에 외식을 했는데, 메뉴가 불고기였거든요. 근데 영혜 아버지가 억지로 고기를 먹이려던 장면이 오버랩되면서, 갑자기 입맛이 뚝 떨어지더라구요. 우리도 모르게 다른 사람에게 얼마나 많은 강요를 하며 살아가는지, 새삼 깨닫게 됐습니다."

이 부장은 잠시 말을 멈추고 천장을 응시했다.

"특히 '아버지'라는 존재에 대해 다시 생각하게 됐어요. 가부장적인 권위, 폭력…… 이 소설은 단순히 채식주의 이야기가 아닌 것 같아요. 한국 사회의 뿌리 깊은 폭력성을 고발하는 작품이라고 생각해요."

"며칠 전에 딸아이가 갑자기 묻더라구요."

인사팀 박 부장의 목소리가 살짝 떨렸다.

"엄마, 왜 우리는 고기를 먹어야 해?' 순간, 영혜도 어렸을 때 똑같은 질문을 했을까, 그런 생각이 들었어요. 어른들은 과연 아이에게 뭐라고 대답해야 할까요?"

박 부장은 테이블 위에 놓인 『채식주의자』 책 표지를 어루만졌다.

"영혜처럼 순수한 영혼을 가진 아이에게, 어떻게 육식을 정당화할 수 있을까요? 생명을 존중해야 한다고 가르치면서, 한편으로는 동물의 죽음을 당연하게 여기는 모순…… 이 소설은 우리 사회의 이중성을 적나라하게 보여주는 것 같아요."

회의실이 잠시 조용해졌다. 각자 오늘 저녁 식사를 떠올리며, 영혜의 고통에 공감하는 듯했다. 마치 영혜가 그 자리에 있는 것처럼, 그녀의 숨소리, 떨리는 눈빛, 그리고 고통스러운 신음이 들리는 듯했다. 나역시 영혜의 고통에 깊이 공감했다.

"사실, 전 이 책 읽고 일주일 동안 채식을 해봤어요."

젊은 기획팀 서 대리가 솔직하게 고백했다.

"쉽지는 않더라구요. 회사 근처 식당들은 거의 다 고기 메뉴이고…… 회식 자리에서는 어떻게 해야 할지 더 난감하고…… 영혜가 일상에서 얼마나 불편했을지, 조금이나마 느낄 수 있었습니다."

서 대리는 자신의 경험을 이야기하며, 채식주의자들이 겪는 어려움을 생생하게 전달했다.

"채식 메뉴가 있는 식당을 찾는 것부터 쉽지 않았고, 주변 사람들의 시선도 부담스러웠어요. '왜 고기를 안 먹어?', '채식하면 건강에 안 좋지 않아?', '고기 맛도 모르고 사는 건 불쌍해' 등등…… 마치 제가 이상한 사람이 된 것 같았죠."

"저는 채식 식당을 찾아가 봤어요."

법무팀 신임 변호사가 수줍게 말을 이었다.

"처음에는 호기심에 가봤는데, 생각보다 훨씬 좋았어요. 마음이 편안해지는 느낌이랄까. 채소만으로도 이렇게 맛있는 요리를 만들 수 있다는 사실에 놀랐고, '우리가 꼭 고기를 먹어야 할까?' 하는 생각도 들었어요."

신임 변호사는 눈을 반짝이며 채식 식당에서의 경험을 묘사했다.

"콩고기 스테이크, 채소 카레, 버섯 볶음밥…… 정말 다양하고 맛있는 메뉴들이 많더라구요. 특히 콩고기 스테이크는 씹는 맛도 좋고, 고기 특유의 냄새도 없어서 거부감 없이 먹을 수 있었어요. 채식은 단순히 고기를 먹지 않는 것이 아니라, 새로운 맛과 경험을 선사하는 것 같아요."

"저는 주말농장을 시작했어요."

연구소 김 박사가 웃으며 휴대폰 사진을 보여주었다.

"상추랑 토마토를 심었는데, 싹이 트고 자라는 모습을 보니까 신기하기도 하고, 뭔가 경건한 마음이 들더라구요. 영혜가 그토록 바랐던 '나무 되기'…… 광합성만으로 살아가는 삶, 정말 순수하고 아름다운 것 같아요."

김 박사는 사진 속 작은 싹을 가리키며 말했다.

"이 작은 생명체가 햇빛과 물만으로 이렇게 자라나는 모습을 보면서, 생명의 경이로움을 느꼈어요. 우리가 먹는 채소들도 이렇게 소중한 생명이라는 사실을 잊고 살았던 것 같아요. 흙을 만지고, 식물을 키우면서 자연과 생명에 대한 존중감이 더욱 커졌어요."

"그런데…… 영혜의 채식은 단순히 고기를 거부하는 행위를 넘어서는 것 같아요."

인사팀 송 차장이 진지한 표정으로 말했다.

"폭력 없는 삶을 향한 몸부림, 우리 사회의 폭력성에 대한 근본적인 거부…… 그런 의미가 아닐까요?"

송 차장은 잠시 말을 멈추고, 참석자들의 표정을 살폈다.

"영혜는 육식을 통해 인간의 폭력성이 드러나는 것을 보았던 것 같아요. 동물을 죽이고, 그 살을 먹는 행위…… 그것은 곧 약육강식의 논리, 힘에 의한 지배를 상징하는 것이죠. 영혜는 그런 폭력의 고리를 끊고 싶었던 게 아닐까요? 인간의 욕망, 이기심, 잔인함…… 영혜는 그 모든 것에서 벗어나 순수한 존재가 되고 싶었던 것 같아요."

"맞아요."

마케팅팀 최 과장이 송 차장의 말에 동의했다.

"처음에는 단순한 식습관 문제라고 생각했는데, 읽을수록 이 소설이 우리 사회의 모든 폭력과 연결되어 있다는 생각이 들었어요. 회사에서의 수직적인 관계, 가정에서의 억압, 일상에 숨어있는 미세한 폭력들까지……"

최 과장은 자신의 경험을 떠올리며 말했다.

"회사에서 상사의 부당한 지시에 순응해야 할 때, 가정에서 부모님의 기대에 맞춰 살아야 할 때, 친구들 사이에서 분위기에 휩쓸려 내 의견을 제대로 말하지 못할 때…… 우리는 알게 모르게 폭력적인 상황에

노출되어 있어요. 영혜는 그런 폭력에서 벗어나고 싶었던 거죠. 그녀의
채식은 폭력에 저항하는 몸부림이었어요."

"지난 주말에 동물보호소에 다녀왔어요."
법무팀 변호사 이 부장의 목소리가 떨렸다.
"버려진 동물들을 보면서, 우리가 어떤 생명은 귀하게 여기고, 어
떤 생명은 함부로 대하는지…… 그 이중성에 대해 생각하게 됐습니다."
이 부장은 동물보호소에서 본 강아지 한 마리를 떠올렸다.
"사람에게 버려져 상처 입은 눈빛…… 그 모습을 보는 순간, 가슴
이 미어지는 것 같았어요. 우리는 인간 중심적인 사고방식에서 벗어나,
모든 생명체를 존중하는 법을 배워야 합니다. 영혜는 우리에게 그 중요
한 사실을 일깨워주고 있어요."

"맞아요."
연구소 김 박사가 조용히 말했다.
"영혜는 우리 시대의 예언자 같아요. 그녀는 인간의 폭력성, 탐욕,
위선을 고발하고, 순수와 공존의 가치를 외치고 있어요. 우리는 영혜의
목소리에 귀 기울여야 합니다. 그녀의 메시지를 통해 우리 자신을 되돌
아보고, 더 나은 세상을 만들어가야 합니다."

"우리 주변에서도 작은 변화들이 일어나고 있어요."

120

기획팀 서 대리가 희망찬 목소리로 말했다.

"일회용품 사용을 줄이고, 친환경 제품을 사용하고……『채식주의자』를 읽고 나서, 자연스럽게 이런 변화들이 생겨났어요. 영혜의 극단적인 선택이 우리에게는 작은 깨달음을 준 것 같아요."

서 대리는 가방에서 텀블러와 손수건을 꺼내 보였다.

"예전에는 무심코 플라스틱 컵이나 비닐봉지를 사용했는데, 이제는 텀블러와 손수건을 꼭 챙겨 다녀요. 마트에 갈 때도 장바구니를 잊지 않고요. 작은 실천이지만, 환경 보호에 도움이 된다고 생각하면 뿌듯해요."

서 대리는 밝게 웃으며 말을 이었다.

"솔직히 예전에는 환경 문제에 큰 관심이 없었어요. 하지만 이 소설을 읽고 나서, 제가 무심코 하는 행동들이 환경에 얼마나 큰 영향을 미치는지 깨닫게 되었어요. 영혜처럼 극단적인 방법은 아니지만, 저도 제 나름대로 세상을 바꾸는 데 기여하고 싶어요."

어느덧 밤 9시가 넘었지만, 아무도 자리에서 일어설 생각을 하지 않았다.

『채식주의자』에 대한 이야기는 끝없이 이어졌고, 우리는 마치 소설 속 인물들과 함께 호흡하는 듯했다. 누군가 카페 매니저에게 채식 샌드위치를 주문했고, 우리는 처음으로 함께 채식 메뉴를 나눠 먹으며 이야기꽃을 피웠다.

"이 샌드위치, 정말 맛있네요!", "채소만으로도 이렇게 풍부한 맛을 낼 수 있다니!", "앞으로 채식 메뉴를 더 자주 먹어야겠어요!" 등의 감탄사가 쏟아졌다.

"회사 구내식당에 채식 메뉴를 제안해 보는 건 어떨까요?"

인사팀 박 부장이 조심스럽게 제안했다.

"매일은 아니더라도, 일주일에 하루 정도 '채식의 날'을 정해서 운영하는 거죠. 작은 시도지만, 의미 있는 변화가 될 것 같아요."

박 부장은 회사 내 채식 문화를 조성하고 싶은 마음을 드러냈다.

"요즘 직원들 사이에서도 건강과 환경에 대한 관심이 높아지고 있잖아요. 채식 메뉴를 제공하면, 직원들의 건강 증진에도 도움이 되고, 회사 이미지 개선에도 효과적일 거예요. 게다가, 식비 절감 효과도 기대할 수 있고요."

"좋은 아이디어네요!"

마케팅팀 최 과장이 박 부장의 제안에 적극적으로 동의했다.

"요즘 'ESG 경영'이 화두잖아요. 환경(Environment), 사회(Social), 지배구조(Governance)를 고려하는 경영 방식 말이에요. 회사 차원에서 일부라도 채식 메뉴를 도입하는 것은 ESG 경영을 실천하는 좋은 방법이 될 거예요. 게다가, 직원들의 만족도를 높이고, 긍정적인 기업 문화를 조성하는 데에도 도움이 될 거고요."

"사내 독서 모임에서 환경 문제나 생명 윤리 관련 도서를 함께 읽어보는 건 어떨까요?"

연구소 김 박사가 의견을 보탰다.

『채식주의자』를 읽으면서 우리가 당연하게 여겼던 것들에 대해 다시 한번 생각해 볼 필요성을 느꼈어요."

김 박사는 책장에서 『침묵의 봄』『동물 해방』『파타고니아』 등의 책을 꺼내 보였다.

"이 책들을 읽으면서 환경 문제, 동물 복지, 기업의 사회적 책임 등에 대해 더 깊이 고민해 볼 수 있을 것 같아요. 우리의 작은 행동 하나하나가 세상을 바꿀 수 있다는 것을 깨닫게 되죠. 또, 이런 책들을 함께 읽고 토론하면, 서로 다른 분야의 사람들이 서로의 생각을 이해하고, 공감대를 형성하는 데에도 도움이 될 거예요."

밤이 깊어지고, 카페 창밖으로 도시의 불빛이 반짝였다. 마치 도시 전체가 거대한 유기체처럼 살아 숨 쉬는 듯했다. 누군가가 조용히 물었다.

"영혜는 지금 어디서 무엇을 하고 있을까요? 정말 나무가 되었을까요?"

"어쩌면 우리 마음속에 영혜가 심어져 있는지도 몰라요."
법무팀 이 부장이 생각에 잠긴 듯 말했다.

"우리의 인식이 조금씩 변화하고 있으니까요."

이 부장은 가슴에 손을 얹고 말했다.

"영혜의 고통, 영혜의 외침…… 그것은 우리 마음속에 깊이 새겨져 있을 거예요. 우리는 영혜를 통해 세상을 다르게 보고, 삶의 의미를 되돌아보게 되었죠. 어쩌면 영혜는 우리 안에서 영원히 살아 숨 쉬는 존재일지도 몰라요. 우리가 영혜를 기억하는 한, 그녀는 영원히 우리와 함께 있을 거예요."

다음 모임에서는 각자의 일주일 채식 체험을 공유하고, 채식 요리 레시피를 교환하기로 했다. 또 친환경 농장 견학도 계획했다. 작지만 의미 있는 변화들이 시작되고 있었다. 마치 작은 씨앗이 뿌려져 싹을 틔우고, 나무로 자라나는 것처럼, 우리 안에서도 변화의 씨앗이 뿌려지고 있었다. 영혜의 삶은 비록 비극적이었지만, 그녀의 메시지는 우리에게 희망을 주었다.

우리는 영혜를 통해 세상의 폭력성을 직시하고, 변화를 향한 용기를 얻었다. 주말, 가족과 함께 공원을 산책하다 문득 걸음을 멈추고 나무들을 바라보았다. 푸른 잎이 바람에 흔들리는 모습은 평화롭고 아름다웠다. 어쩌면 영혜는 이런 순간을 꿈꿨을지도 모른다. 모든 폭력과 억압에서 벗어나 자유롭게 살아가는 삶…… 나무가 되어 하늘을 향해 뻗어나가는 삶…… 햇빛을 받고, 비를 맞으며, 바람에 흔들리면서도 꿋꿋하게 살아가는 나무처럼…….

다음 독서 모임 날짜를 정하며, 우리는 서로의 눈빛에서 작은 변화를 발견했다. 한 권의 책이 우리의 일상을 이렇게 바꿔놓을 수 있다는 사실에 놀라움을 금치 못했다. 채식주의는 이제 단순한 식습관의 문제가 아니라, 삶의 방식, 나아가 세상을 바라보는 관점에 대한 질문이 되어 있었다. 우리는 각자의 방식으로 이 질문에 답하며 살아갈 것이다. 영혜처럼 극단적인 선택을 하지는 않더라도, 일상의 작은 순간 속에서 끊임없이 고민하고, 더 나은 선택을 하기 위해 노력할 것이다. 그것이 바로 『채식주의자』가 우리에게 남긴 소중한 유산일 것이다.

2
영혜의 선택과 그 이유

✖

두 번째 독서 토론 모임 날, 카페 '쉼표'에는 지난번보다 더 많은 사람들이 모였다. 『채식주의자』를 읽고 난 후, 마음속에 떠오른 질문들을 풀어놓고 싶어 하는 사람들의 열기가 느껴졌다. 나 역시 이 소설에 대한 궁금증과 해석하고 싶은 욕구로 가슴이 벅차올랐다.

"꿈이 현실이 되는 순간에 대해 생각해봤습니다."

연구소 김 박사가 진지한 표정으로 말문을 열었다.

"영혜의 첫 꿈, 그 피비린내 나는 악몽이 그녀의 현실을 완전히 바꿔놓았잖아요. 마치 꿈이 현실에 침투한 것처럼 말이죠. 우리도 살면서 그런 순간들을 경험하지 않나요? 어떤 강렬한 꿈이나 깨달음이 삶의 방향을 완전히 바꿔놓는……."

김 박사는 잠시 말을 멈추고 커피를 한 모금 마셨다.

"프로이트의 정신분석학에 따르면, 꿈은 무의식의 발현이라고 하죠. 영혜의 꿈은 그녀의 무의식 속에 억눌려 있던 폭력성, 혹은 폭력에 대한 깊은 공포를 드러내는 것일 수도 있습니다. 그리고 그 꿈이 현실에서 채식주의라는 형태로 나타난 것이 아닐까요?"

"흥미로운 분석이네요."

법무팀 신임 변호사가 눈을 반짝이며 말했다.

"저는 입사하기 전 로스쿨에서 동물 학대 사건 관련 변론 실습을 준비하면서 도축장 참관 영상을 보게 되었는데…… 그 충격이 꽤 컸습니다. 영혜가 꿈에서 본 피비린내 나는 장면들이 떠오르면서, 며칠 동안 밥을 제대로 먹을 수가 없었어요. 마치 제가 그 폭력의 현장에 있는 것 같은 착각에 빠질 정도였죠."

신임 변호사는 몸을 부르르 떨었다.

"그 후로 고기를 먹을 때마다 그 끔찍한 장면이 떠올라서, 저도 모르게 채식 위주의 식단을 선택하게 되었어요. 영혜의 심정이 어땠을지 조금은 이해할 수 있을 것 같아요."

인사팀 박 부장이 깊은 생각에 잠긴 듯 말했다.

"영혜의 변화는 단계적이었어요. 처음에는 그저 고기를 거부하는 것으로 시작했지만, 점점 더 본질적인 거부로 나아갔죠. 가죽 제품을 버리고, 동물성 제품을 모두 거부하고…… 마지막에는 인간 자체를 거부하기까지. 마치 자신의 존재 자체를 지워나가는 것처럼 보였어요."

박 부장은 안타까운 표정을 지었다.

"영혜는 왜 그렇게 극단적인 선택을 해야 했을까요? 그녀를 그렇게 몰아붙인 것은 무엇이었을까요?"

"저는 영혜의 채식주의가 사회적 억압에 대한 저항이라고 생각합니다."

기획팀 최 과장이 자신의 노트를 펼치며 말했다.

"영혜는 가정에서 아버지의 폭력, 남편의 무관심, 언니의 몰이해에 시달렸고, 사회에서는 여성으로서 차별과 억압을 경험했죠. 그녀의 채식은 이러한 억압에 대한 무언의 저항이었던 거예요. '나는 당신들의 방식대로 살지 않겠다.'라는 강력한 의지 표현이었죠."

최 과장은 힘주어 말했다.

"하지만 안타깝게도, 영혜의 저항은 더 큰 폭력을 불러왔습니다. 가족들은 그녀를 정신 병원에 가두었고, 사회는 그녀를 이상한 사람 취급했죠. 영혜의 비극은 개인의 저항이 사회적 억압에 의해 좌절되는 현실을 보여줍니다."

"맞아요."

인사팀 송 차장이 고개를 끄덕였다.

"며칠 전 신입사원 교육에서 있었던 일입니다. 회식 자리에서 술을 강요하는 문화에 대해 이야기가 나왔는데…… 문득 영혜가 떠올랐어요. 우리는 '정상'이라는 이름으로 얼마나 많은 폭력을 정당화하고 있는지…… 영혜는 그런 '정상'의 범주에서 벗어나려 했던 거죠. 하지만 사회는 그런 그녀를 용납하지 않았습니다."

송 차장은 씁쓸한 표정을 지었다.

"우리 사회는 여전히 개인의 다양성을 인정하지 않고, '정상'에서 벗어나는 사람들을 낙인찍고 배제하는 경향이 있습니다. 영혜의 이야기는 그러한 현실에 대한 경종을 울리는 것 같아요."

"저는 영혜의 몸에 주목하고 싶습니다."

그룹 인재개발원 박 교수가 말했다.

"영혜의 몸은 남성 중심적인 사회에서 끊임없이 억압되고 통제되는 대상이었죠. 아버지는 그녀에게 억지로 고기를 먹였고, 남편은 그녀의 몸을 성적 욕망의 대상으로 여겼으며, 형부는 예술이라는 미명하에 그녀의 몸을 착취했습니다. 영혜의 채식은 이러한 폭력에 저항하는 유일한 수단이었던 거예요. 자신의 몸을 스스로 통제하고, 남성들의 욕망으로부터 벗어나려는 시도였죠."

박 교수는 강조했다.

"영혜의 이야기는 여성의 몸에 대한 사회적 통제, 그리고 그에 대한 여성의 저항을 보여주는 페미니즘 소설로도 해석할 수 있습니다."

"흥미로운 지적입니다."

연구소 박 부장이 갑자기 책을 집어 들었다.

"이 부분을 보세요. 영혜가 냉장고를 비우는 장면…… '깨끗이 닦아냈다.'라는 표현이 나오죠. 이건 단순한 청소가 아니에요. 그녀만의 정화 의식이었던 거죠. 육식이라는 폭력의 흔적을 지워내고, 자신의 몸과 마음을 정화하려는 의식이었던 겁니다."

박 부장은 말을 이었다.

"영혜는 육식을 거부함으로써, 남성 중심적인 사회의 폭력과 억압에 저항하고, 자신의 몸과 정신을 지키려고 했던 거예요."

"그런데…… 영혜의 저항 방식은 너무 극단적이지 않았나요?"

마케팅팀 이 대리가 조심스럽게 물었다.

"물론 그녀의 고통과 저항의 의미는 이해하지만…… 결국 자해를 하고, 정신 병원에 갇히고…… 스스로를 파괴하는 길을 선택했잖아요. 좀 더 다른 방식으로 저항할 수는 없었을까요?"

"그게 바로 이 소설의 비극적인 부분이죠."

법무팀 이 부장이 깊은 한숨을 내쉬었다.

"영혜는 사회적 억압에 맞서 저항했지만, 결국 그 억압에 갇히고 말았습니다. 그녀의 저항은 사회적 편견과 무관심 속에서 좌절되었고, 결국 자기 파괴적인 결말을 맞이하게 되었죠."

이 부장은 안타까운 표정을 지었다.

"영혜의 이야기는 우리 사회의 어두운 단면을 보여줍니다. 우리는 약자들의 목소리에 귀 기울이고, 그들의 고통을 외면하지 말아야 합니다. 그렇지 않으면, 영혜와 같은 비극은 계속 반복될 것입니다."

"저는 형부의 시선이 불편했어요."

인사팀 김 과장이 단호하게 말했다.

"예술이라는 미명하에 영혜의 몸을 대상화하고…… 이것 역시 일종의 폭력 아닐까요? 더 은밀하고 교묘한 형태의……."

김 과장은 분노를 억누르는 듯 목소리를 떨었다.

"형부는 영혜의 고통을 이해하는 척하면서, 자신의 예술적 욕망을 채우는 데 이용했어요. 영혜의 몸에 꽃 그림을 그리고, 촬영을 하는 행위는 예술이 아니라 폭력입니다. 영혜의 의사는 전혀 존중하지 않고, 자신의 욕망을 투영하는 행위는 비난받아 마땅합니다."

회의실 창밖으로 어둠이 짙게 깔리고 있었다. 카페 '쉼표'의 따뜻한 조명이 우리를 감싸 안았다. 누군가 조명을 더 밝게 켜자, 마치 연극 무대 위에 서 있는 듯한 착각이 들었다. 우리는 모두 영혜라는 인물에 몰입하여, 그녀의 고통과 슬픔, 그리고 저항의 의미를 함께 나누고 있었다.

"영혜의 마지막 모습…… 병원 창가에서 물구나무를 서는 장면,

다들 기억하시죠?"

연구소 김 박사가 낮은 목소리로 말했다.

"나무가 되려는 그녀만의 방식이었겠죠. 햇빛을 향해, 땅을 향해…… 어쩌면 그게 유일한 탈출구였을지도 모릅니다. 억압적인 현실에서 벗어나 자유로운 존재가 되는 길……."

김 박사는 잠시 말을 멈추고 창밖을 바라보았다.

"영혜는 결국 나무가 되고 싶었던 걸까요? 아니면, 나무처럼 자유롭고 싶었던 걸까요?"

"저는 영혜가 인간성을 회복하고 싶었던 거라고 생각해요."

신임 변호사가 조심스럽게 자신의 생각을 말했다.

"인간 사회의 폭력과 억압 속에서 상처 입은 영혼…… 영혜는 자연으로 돌아가 순수한 인간성을 회복하고 싶었던 게 아닐까요? 나무처럼 햇빛과 물만으로 살아가는 삶, 그 단순하고 소박한 삶 속에서 진정한 행복을 찾고 싶었던 거죠."

신임 변호사는 눈을 감고 영혜의 모습을 떠올렸다.

"물구나무를 선 영혜의 모습은 마치 나무가 뿌리를 내리고 하늘을 향해 뻗어 나가는 모습과 닮았어요. 그녀는 인간 사회를 벗어나 자연과 하나가 되고 싶었던 거예요."

"그렇다면, 우리는 어떻게 해야 할까요?"

내가 질문을 던졌다.

"영혜처럼 극단적인 선택을 하지 않고, 인간성을 회복하고, 더 나은 세상을 만들어갈 수 있는 방법은 무엇일까요?"

"우선, 우리 자신을 돌아봐야 합니다."

그룹 인재개발원 박 교수가 진지하게 말했다.

"우리 안에 숨겨진 폭력성, 억압적인 사고방식, 이기심…… 그런 것들을 인지하고 반성해야 합니다. 그리고 타인의 고통에 공감하고, 연대하는 법을 배워야 합니다."

박 교수는 힘주어 말했다.

"우리 모두는 영혜가 될 수 있습니다. 사회적 억압과 편견에 침묵하고 방관한다면, 우리 역시 영혜를 벼랑 끝으로 몰아넣은 가해자가 되는 것입니다."

"맞아요."

최 과장이 동의했다.

"우리 사회의 시스템을 바꿔야 합니다. 여성, 장애인, 성소수자 등 사회적 약자에 대한 차별과 억압을 없애고, 그들에게 더 많은 기회와 지원을 제공해야 합니다. 또한, 경쟁과 효율만을 강조하는 사회 분위기를 바꿔, 인간의 존엄성과 가치를 존중하는 사회를 만들어야 합니다."

최 과장은 열정적으로 말했다.

"영혜의 비극을 통해 우리는 사회가 얼마나 개인을 억압하고 파괴할 수 있는지 깨달았습니다. 이제는 변해야 합니다. 더 이상 영혜와 같은 희생자가 나오지 않도록, 우리 모두 힘을 모아야 합니다."

"구체적으로 어떤 노력을 할 수 있을까요?"
서 대리가 질문했다.
"개인의 노력만으로는 한계가 있지 않을까요?"

"물론 개인의 노력도 중요하지만, 사회적 변화를 위해서는 제도적 개선이 필요합니다."
법무팀 이 부장이 말했다.
"예를 들어, 동물 복지 관련 법규를 강화하고, 채식주의자들을 위한 사회적 지원 시스템을 마련해야 합니다. 또한, 정신 질환에 대한 사회적 편견을 해소하고, 정신 질환자들이 차별받지 않고 치료받을 수 있도록 사회적 안전망을 구축해야 합니다."
이 부장은 덧붙였다.
"물론 이러한 변화는 하루아침에 이루어지지 않겠죠. 하지만 우리 모두가 관심을 갖고 노력한다면, 더 나은 세상을 만들 수 있을 거라고 믿습니다."
"저는 교육의 중요성을 강조하고 싶습니다."
김 박사가 말했다.

"어릴 때부터 생명 존중, 환경 보호, 인권 존중 등의 가치를 교육해야 합니다. 또한, 타인의 고통에 공감하고, 다름을 이해하는 능력을 키워야 합니다. 이러한 교육을 통해 우리 사회의 폭력성을 줄이고, 더불어 살아가는 공동체를 만들 수 있을 거예요."

김 박사는 미소를 지으며 말했다.

"교육은 미래를 바꾸는 가장 강력한 무기입니다. 우리 아이들에게 더 나은 세상을 물려주기 위해, 교육에 더 많은 투자를 해야 합니다."

밤늦도록 이어진 토론은 우리 모두에게 깊은 감동과 깨달음을 주었다. 영혜의 이야기는 우리 마음속에 깊이 새겨졌고, 우리는 더 나은 세상을 만들기 위한 책임감을 느꼈다.

다음 모임에서는 각자 실천 가능한 계획을 세우고, 함께 행동하기로 약속했다. 회사 구내식당에 채식 메뉴 도입을 건의하고, 지역 동물보호소에서 봉사활동을 하고, 정신 건강 증진 캠페인에 참여하는 등 우리는 각자의 자리에서 세상을 바꾸기 위해 노력하기로 했다.

카페를 나서며, 나는 밤하늘을 가득 채운 별들을 바라보았다. 어딘가에서 영혜도 저 별들을 바라보고 있을까? 그녀의 고통과 슬픔, 그리고 용기는 우리 마음속에 영원히 남아, 우리를 더 나은 길로 이끌 것이다.

3
가족들의 반응과 갈등

✷

세 번째 모임 날, 카페 '쉼표'는 그 어느 때보다 무거운 분위기로 가득했다. 『채식주의자』를 읽으며 느꼈던 불편함과 답답함, 그리고 가슴 아픈 감정들이 우리를 짓누르는 듯했다. 영혜의 채식 선언은 그녀 자신뿐만 아니라, 가족들에게도 깊은 상처와 갈등을 안겨주었다. 우리는 오늘, 영혜 가족들의 반응을 통해 한국 사회의 가족 관계와 그 안에 숨겨진 폭력성을 들여다보고자 한다.

"솔직히 말씀드리면, 이번 장을 읽는 내내 불편했습니다."
마케팅팀 최 과장이 어렵게 말문을 열었다.
"특히 가족 식사 자리 장면…… 영혜 아버지가 영혜에게 억지로 고기를 먹이려고 하는 장면은 정말 끔찍했어요. 마치 제 어린 시절을 보는 것 같아서……."

최 과장은 잠시 말을 멈추고 눈을 감았다.

"저희 아버지도 굉장히 권위적이고 폭력적인 분이셨거든요. 제가 조금이라도 아버지 뜻에 어긋나는 행동을 하면, 심하게 꾸짖고 때리기까지 하셨죠. 그때의 공포와 억울함은 아직도 생생합니다."

최 과장은 목소리를 낮추어 말했다.

"영혜 아버지의 모습에서 저희 아버지의 모습이 겹쳐 보였어요. 자신의 뜻대로 되지 않으면 폭력을 행사하는 모습, 자식을 자신의 소유물처럼 생각하는 모습……."

"저도 그 장면에서 눈을 뗄 수가 없었어요."

법무팀 이 부장이 우울한 표정으로 말했다.

"영혜 아버지의 행동은 명백한 폭력입니다. 자식의 의사를 무시하고, 자신의 가치관을 강요하는 행위는 용납될 수 없습니다. 특히, 딸의 몸에 폭력을 행사하는 장면은 정말 충격적이었어요. 이 소설은 가정 폭력의 심각성을 다시 한번 일깨워줍니다."

이 부장은 잠시 말을 멈추고 참석자들을 둘러보았다.

"우리 사회에는 아직도 가부장적인 사고방식이 뿌리 깊게 남아있습니다. 아버지의 권위에 도전하는 것은 용납되지 않고, 자식은 부모에게 순종해야 한다는 생각이 여전히 강하게 작용하고 있죠. 영혜의 아버지는 그러한 가부장적 권위 의식의 극단적인 표현입니다."

"영혜 어머니의 모습도 안타까웠어요."

인사팀 송 차장이 조용히 말했다.

"남편의 폭력 앞에서 침묵하고, 딸을 보호하지 못하는 모습……."

송 차장은 한숨을 쉬었다.

"저희 어머니도 비슷한 분이셨어요. 아버지의 폭력에 늘 침묵하고, 저희에게 참고 견디라고만 하셨죠. 어머니는 아버지의 폭력으로부터 저희를 지켜주지 못했지만, 그렇다고 아버지에게 맞서는 용기도 없으셨어요. 그저 묵묵히 고통을 감내하는 모습…… 영혜 어머니를 보면서 저희 어머니 생각이 많이 났습니다."

송 차장은 눈물을 글썽였다.

"어머니는 왜 그렇게 침묵해야만 했을까요? 왜 자신의 목소리를 내지 못했을까요?"

"저는 영혜 언니, 인혜의 심정에 공감이 갔어요."

연구소 박 차장이 말했다.

"동생을 이해하고 싶지만, 그럴 수 없는 답답함…… 가족을 지키고 싶지만, 어떻게 해야 할지 모르는 막막함……."

박 차장은 자신의 경험을 털어놓았다.

"저에게는 동생이 하나 있는데, 어릴 때부터 저와는 많이 달랐어요. 저는 공부를 잘하고 말도 잘 듣는 모범생이었지만, 동생은 공부에는 관심이 없고, 사고도 많이 쳤죠. 부모님은 늘 저와 동생을 비교하며, 동생에게 저처럼 되라고 압박했어요. 저는 그런 동생이 안쓰럽기도 하고, 부모님께 죄송하기도 했죠. 하지만 동생을 어떻게 도와야 할지 몰랐어요. 그저 답답하고 힘들기만 했죠."

박 차장은 영혜의 언니를 떠올리며 말했다.

"인혜는 영혜를 진심으로 걱정하고 사랑하지만, 동생의 선택을 이해할 수 없어 괴로워합니다. 가족을 지키고 싶지만, 어떻게 해야 할지 몰라 갈등하는 모습…… 그 모습이 너무 안쓰러웠어요."

"영혜 남편의 반응도 흥미로웠어요."

기획팀 서 대리가 말했다.

"처음에는 영혜를 이해하려고 노력하는 듯했지만, 결국 그녀를 떠나버리잖아요. 아내의 채식 선언을 받아들이지 못하고, 불편함을 느껴 도망친 거죠."

서 대리는 냉정하게 말했다.

"그는 영혜를 사랑했던 걸까요? 아니면, 그저 '정상적인 아내'를 원했던 걸까요? 영혜의 남편은 우리 사회의 많은 남성들을 대변하는 인물 같아요. 여성의 자유와 개성을 인정하지 못하고, 자신의 기준에 맞추려고 하는……."

"맞아요."

법무팀 신임 변호사가 서 대리의 말에 동의했다.

"영혜 남편은 영혜의 채식 선언을 자신의 삶을 침해하는 행위로 받아들였어요. 아내가 '정상'에서 벗어나자, 불안감과 불편함을 느낀 거죠. 그는 영혜를 이해하려고 노력하기보다는, 자신의 불편함을 해소하는 데 급급했습니다. 결국 그는 영혜를 떠났고, 영혜는 더 큰 고통 속에 빠지게 되었죠."

신임 변호사는 안타까운 표정을 지었다.

"영혜의 남편은 가족이라는 이름으로 개인을 억압하는 우리 사회의 모습을 보여줍니다."

"저는 오히려 영혜의 조카 지우에게서 희망을 보았어요."

인사팀 박 부장이 조심스럽게 말했다.

어른들이 만들어 놓은 규범과 편견에 얽매이지 않고, 순수한 마음으로 영혜를 이해하려고 하는 모습이 아름다웠습니다."

박 부장은 따뜻한 미소를 지었다.

"지우는 영혜에게 '왜 고기를 안 먹어요?'라고 묻지만, 영혜가 대답을 하지 못하자 더 이상 묻지 않습니다. 어른들처럼 영혜를 비난하거나 강요하지 않고, 있는 그대로 받아들이죠. 어쩌면 지우는 영혜의 고통을 가장 잘 이해하는 인물일지도 모릅니다."

박 부장은 희망찬 목소리로 말했다.

"우리 아이들에게는 어른들의 편견과 폭력을 물려주지 말아야 합니다. 지우처럼 순수한 마음으로 세상을 바라보고, 다름을 인정하는 아이들로 키워야 합니다."

"맞아요."

나도 박 부장의 의견에 깊이 공감했다.

"어른들은 흔히 '정상 가족'이라는 틀에 갇혀, 개인의 다양성을 인정하지 못하는 경우가 많습니다. 하지만 가족은 혈연으로 이루어진 공동체일 뿐만 아니라, 서로 존중하고 지지하는 관계여야 합니다. 영혜의 가족들은 '정상 가족'이라는 고정관념에 사로잡혀, 영혜의 선택을 이해하지 못하고, 그녀를 억압했습니다. 그 결과, 영혜는 가족으로부터 소외되고, 더 큰 고통을 겪게 되었죠."

나는 힘주어 말했다.

"우리는 '정상 가족'이라는 낡은 틀에서 벗어나, 다양한 형태의 가족을 인정하고 존중해야 합니다. 가족 구성원 각자의 개성과 자유를 존중하고, 서로 지지하는 관계를 만들어가야 합니다."

"그렇다면, 우리는 어떻게 해야 할까요?"

최 과장이 질문했다.

"영혜의 가족들처럼 되지 않으려면, 어떤 노력을 해야 할까요?"

"끊임없이 소통하고, 서로의 입장을 이해하려고 노력해야 합니다."

이 부장이 대답했다.

"영혜의 가족들은 서로에게 진심을 털어놓지 못하고, 오해와 갈등 속에서 괴로워했습니다. 우리는 영혜 가족의 실패를 통해 소통의 중요성을 깨달아야 합니다. 가족 구성원 간에 솔직하게 대화하고, 서로의 생각과 감정을 이해하려고 노력해야 합니다. 비록 의견 차이가 있더라도, 서로 존중하고 배려하는 자세를 가져야 합니다."

이 부장은 진지하게 말했다.

"소통은 가족 관계를 유지하고 발전시키는 가장 중요한 요소입니다."

"또한, 우리는 개인의 선택을 존중하고, 책임감을 가져야 합니다."

김 박사가 말했다.

"영혜의 채식 선언은 그녀 자신의 선택입니다. 비록 가족들이 그 선택을 이해하지 못하고 반대하더라도, 영혜는 자신의 선택에 대한 책임을 져야 합니다. 마찬가지로, 가족들은 영혜의 선택을 존중하고, 그녀의 삶을 지지해야 합니다."

김 박사는 덧붙였다.

"개인의 자유와 책임, 그리고 가족 간의 존중과 지지…… 이것이 건강한 가족 관계를 위한 필수적인 요소입니다."

"영혜의 이야기는 우리에게 많은 질문을 던집니다."

인재개발원 박 교수가 말했다.

"가족이란 무엇인가? 우리는 어떻게 가족과 소통해야 하는가? 개인의 자유와 가족의 책임은 어떻게 조화를 이룰 수 있는가? 이러한 질문들에 대한 답을 찾는 것은 쉽지 않지만, 우리는 끊임없이 고민하고 노력해야 합니다."

박 교수는 힘주어 말했다.

"영혜의 비극을 통해 우리는 가족의 소중함을 다시 한번 깨닫고, 더 나은 가족 관계를 만들어가야 할 책임감을 느껴야 합니다."

밤이 깊어지고, 토론은 마무리되었다. 우리는 영혜의 가족들을 통해 우리 자신의 모습을 되돌아보았다. 가족 간의 소통 부재, 억압적인 분위기, 개인의 자유에 대한 억압…… 우리는 영혜 가족의 실패를 반복하지 않기 위해, 끊임없이 소통하고, 서로 존중하며, 책임감을 가져야 한다는 것을 깨달았다.

카페를 나서며, 나는 가족들에게 전화를 걸었다. 오랜만에 안부를 묻고, 사랑한다는 말을 전했다. 영혜의 이야기는 나에게 가족의 소중함을 다시 한번 일깨워주었다. 나는 앞으로 가족들과 더 많은 시간을 보내고, 서로의 마음을 나누며, 더욱 건강하고 행복한 가족 관계를 만들어갈 것이다.

4
영혜를 둘러싼 폭력과 억압

✖

넷째 날, 카페 '쉼표'에 모인 우리는 무거운 마음으로 『채식주의자』
의 마지막 장을 덮었다. 영혜의 극단적인 채식 선언으로 시작된 이야기
는 가족들의 폭력과 영혜의 광기, 그리고 결국 파멸로 치닫는 비극적인
결말을 맞이했다. 오늘, 우리는 영혜를 둘러싼 폭력과 억압의 양상을 좀
더 깊이 있게 논의해보고자 한다.

"형부의 행동은 정말 끔찍했어요."
송 차장이 착잡한 표정으로 말문을 열었다.
"예술이라는 미명하에 영혜의 몸을 캔버스 삼아 꽃을 그리고, 그
것을 촬영하는 행위는 명백한 폭력이었죠. 영혜의 의사는 전혀 존중되
지 않았어요."
송 차장은 잠시 말을 멈추고 커피를 한 모금 마셨다.

"사실, 처음에는 형부의 예술적 열정에 묘한 매력을 느끼기도 했어요. 새로운 것을 창조하려는 욕망, 금기를 깨는 파격적인 시도…… 하지만 그 모든 것이 영혜의 희생을 담보로 한 것이었다는 사실에 소름이 끼쳤습니다."

"저도 형부의 행동에 분노를 금할 수 없었습니다."

법무팀 변호사인 이 부장이 단호한 어조로 말했다.

"법조인의 관점에서 볼 때, 형부의 행위는 명백한 범죄입니다. 예술이라는 이름으로 개인의 인권을 침해하는 행위는 결코 정당화될 수 없습니다. 영혜는 자신의 몸에 대한 결정권을 폭력적으로 박탈당했고, 그 과정에서 씻을 수 없는 상처를 입었습니다."

이 부장은 잠시 말을 멈추고 송 차장을 바라보았다.

"송 차장님 말씀처럼, 예술에는 어느 정도의 파격과 도발이 허용될 수 있습니다. 하지만 그것은 인간의 존엄성을 해치지 않는 범위 내에서 이루어져야 합니다. 형부는 그 선을 넘었고, 영혜를 파멸로 몰아넣었습니다."

"형부의 폭력은 단순히 신체적인 폭력에 그치지 않았습니다."

최 과장이 심각한 표정으로 말했다.

"그는 영혜의 정신까지 짓밟았습니다. 영혜의 몽고반점에 집착하며 그것을 '원시적 생명력의 증거'라고 해석하는 부분, 그리고 영혜와의 결합을 '예술적 절정'이라고 표현하는 부분에서 그의 왜곡된 욕망과 광기를 엿볼 수 있었습니다."

최 과장은 깊은 한숨을 내쉬었다.

"형부는 영혜를 인간으로 보지 않았습니다. 그는 영혜를 자신의 예술적 욕망을 투영하는 대상, 자신의 작품을 완성하기 위한 도구로 여겼을 뿐입니다."

"영혜는 왜 형부의 폭력에 저항하지 못했을까요?"

박 차장이 안타까운 표정으로 물었다.

"물론 영혜는 이미 현실과 단절된 상태였고, '나무'가 되고자 하는 욕망에 사로잡혀 있었습니다. 하지만 그렇다고 해서 형부의 행동이 정당화될 수는 없습니다."

박 차장은 잠시 말을 멈추고 고개를 갸웃거렸다.

"어쩌면 영혜는 무의식적으로 형부의 폭력을 받아들였는지도 모릅니다. 가족들에게조차 이해받지 못하고 끊임없이 거부당했던 영혜에게, 형부의 관심은 일종의 위로였을 수도 있습니다. 비록 그것이 폭력적인 형태였을지라도……."

"저는 영혜의 언니, 인혜의 심정에 깊이 공감했습니다."

서 대리가 조용히 말했다.

"사랑하는 동생이 점점 이상해지고, 가족들과의 관계가 파탄 나는

146

모습을 지켜보는 것은 정말 고통스러웠을 것입니다. 게다가 남편이 그런 동생에게 폭력을 행사한다는 사실을 알게 되었을 때, 인혜는 얼마나 큰 충격과 배신감을 느꼈을까요?"

서 대리는 잠시 말을 멈추고 눈을 감았다.

"인혜는 동생을 지키기 위해, 가족을 지키기 위해 노력했지만, 결국 아무것도 할 수 없었습니다. 그녀의 무력감과 절망감이 너무나도 생생하게 느껴져서 가슴이 아팠습니다."

"형부의 작업실은 마치 지옥 같았습니다."

신임 변호사가 떨리는 목소리로 말했다.

"어둠 속에서 흰 천을 배경으로 영혜의 몸에 꽃을 그리는 장면, 카메라 셔터 소리, 형부의 흥분된 숨소리…… 그 모든 것이 뒤섞여 숨 막히는 공포를 자아냈습니다."

신임 변호사는 몸을 부르르 떨었다.

"영혜는 그곳에서 무슨 생각을 했을까요? 그녀는 정말 '나무'가 되고 싶었을까요? 아니면 그저 그 지옥에서 벗어나고 싶었을까요?"

"저는 형부의 카메라에 주목했습니다."

인재개발원 박 교수가 말했다.

"카메라는 형부의 폭력을 기록하고, 증폭하고, 영원히 남기는 도구였습니다. 셔터 소리 하나하나가 영혜의 영혼을 찢는 듯했고, 카메라

렌즈는 영혜의 몸을 냉혹하게 파편화했습니다."

박 교수는 잠시 말을 멈추고 칠판에 '카메라'라고 적었다.

"형부에게 카메라는 예술적 표현의 수단이었을지 모르지만, 영혜에게는 폭력의 도구였습니다. 카메라는 영혜의 고통을 증폭시키고, 그녀를 영원히 폭력의 굴레 속에 가두는 역할을 했습니다."

"형부의 폭력은 예술이라는 이름으로 포장되었기에 더욱 위험합니다."

박 부장이 심각한 표정으로 말했다.

"우리 사회에는 아직도 예술의 자유라는 이름으로 개인의 인권을 침해하는 경우가 많습니다. 창작의 자유는 중요하지만, 그것은 인간의 존엄성을 해치지 않는 범위 내에서 존중되어야 합니다."

박 부장은 잠시 말을 멈추고 참석자들을 둘러보았다.

"우리는 예술의 이름으로 자행되는 폭력에 대해 경각심을 가져야 합니다. 그리고 폭력의 피해자들을 보호하고, 그들의 상처를 치유하기 위해 노력해야 합니다."

"영혜의 비극은 우리 사회의 구조적인 문제를 드러냅니다."

김 박사가 말했다.

"가부장적인 가족 구조, 여성에 대한 사회적 편견, 정신 질환에 대한 무지와 몰이해…… 이러한 문제들이 복합적으로 작용하여 영혜를 벼랑 끝으로 몰아넣었습니다."

김 박사는 칠판에 '사회 구조적 문제'라고 적었다.

"우리는 영혜의 비극을 개인의 문제로 치부해서는 안 됩니다. 우
리 사회의 구조적인 문제를 해결하고, 약자들의 목소리에 귀 기울여야
합니다. 그래야만 또 다른 영혜가 생기는 것을 막을 수 있습니다."

밤이 깊어지고, 토론은 잠시 중단되었다. 우리는 영혜를 둘러싼
폭력과 억압의 양상을 다양한 관점에서 분석하고, 그 의미를 되짚어 보
았다.

"휴, 정말 숨 막히는 이야기였어요."

잠시 침묵을 깨고 박 차장이 나지막이 말했다.

"영혜는 왜 그렇게 극단적인 선택을 할 수밖에 없었을까요? 그녀
의 내면에는 어떤 고통과 좌절이 있었던 걸까요?"

박 차장은 눈가에 맺힌 눈물을 닦으며 말을 이었다.

"사실, 저도 영혜처럼 주변의 기대에 부응하지 못하고 괴로워했던
시절이 있었어요. 모두가 원하는 모습대로 살아야 한다는 압박감에 숨
이 막힐 것 같았죠. 하지만 영혜와 달리 저는 주변의 도움으로 그 힘든
시기를 극복할 수 있었습니다. 영혜에게도 그런 따뜻한 손길이 있었다
면 어땠을까요?"

"맞아요, 영혜는 너무나 외로웠어요."

서 대리가 박 차장의 말에 깊이 공감하며 말했다.

"가족들은 그녀를 이해하지 못했고, 오히려 그녀의 행동을 비난하고 통제하려고만 했죠. 남편은 그녀의 채식 선언을 이해하지 못했고, 아버지는 그녀를 폭행했으며, 어머니는 그녀를 정신 병원에 가두려고 했습니다."

서 대리는 잠시 말을 멈추고 한숨을 쉬었다.

"심지어 그녀의 언니, 인혜조차도 영혜의 고통을 온전히 이해하지는 못했던 것 같아요. 영혜에게는 진정으로 마음을 나눌 수 있는 사람이 아무도 없었던 거죠."

"그렇다고 해서 영혜의 형부가 저지른 폭력이 정당화될 수는 없습니다."

이 부장이 단호한 목소리로 말했다.

"형부는 예술이라는 이름으로 영혜의 몸과 마음을 짓밟았습니다. 그는 영혜의 몽고반점에 집착하며 그것을 자신의 욕망을 투영하는 대상으로 삼았고, 영혜와의 성관계를 예술적 행위로 포장했습니다."

이 부장은 분노에 찬 눈빛으로 말을 이었다.

"형부의 행동은 명백한 범죄이며, 그는 그에 대한 책임을 져야 합니다. 예술이라는 이름으로 개인의 인권을 침해하는 행위는 절대로 용납될 수 없습니다."

"형부의 폭력은 영혜에게 씻을 수 없는 상처를 남겼을 것입니다."

최 차장이 심각한 표정으로 말했다.

"영혜는 이미 가족들에게 이해받지 못하고 깊은 고립감을 느끼고 있었습니다. 그런 상황에서 형부의 폭력은 영혜에게 더 큰 상처와 트라우마를 안겨주었을 것입니다."

최 차장은 잠시 말을 멈추고 칠판에 '트라우마'라고 적었다.

"트라우마는 단순한 정신적 상처를 넘어, 개인의 삶 전체를 뒤흔들 수 있는 심각한 문제입니다. 영혜는 형부의 폭력으로 인해 더욱 심각한 정신적 고통을 겪게 되었을 것이고, 결국에는 현실과 완전히 단절된 채 '나무'가 되는 길을 선택하게 된 것일지도 모릅니다."

"영혜의 이야기는 우리 사회에 만연한 폭력의 문제를 다시 한번 생각하게 합니다."

박 교수가 말했다.

"가정 폭력, 성폭력, 학교 폭력 등 우리 사회에는 다양한 형태의 폭력이 존재합니다. 그리고 이러한 폭력은 피해자들에게 깊은 상처와 고통을 남깁니다."

박 교수는 잠시 말을 멈추고 참석자들을 둘러보았다.

"우리는 폭력의 심각성을 인지하고, 폭력 없는 사회를 만들기 위해 노력해야 합니다. 폭력은 어떤 이유로도 정당화될 수 없습니다."

"영혜의 이야기는 우리에게 많은 질문을 던집니다."

박 부장이 말했다.

"우리는 과연 타인의 고통에 얼마나 민감하게 반응하고 있을까요? 우리는 주변 사람들의 아픔을 얼마나 이해하고 공감하고 있을까요?"

박 부장은 잠시 말을 멈추고 눈을 감았다.

"우리는 영혜의 이야기를 통해 우리 자신을 되돌아보고, 타인의 고통에 더욱 귀 기울여야 합니다. 그리고 폭력 없는 사회, 모두가 행복하게 살 수 있는 사회를 만들기 위해 노력해야 합니다."

밤늦도록 이어진 토론은 우리 모두에게 깊은 감동과 여운을 남겼다. 우리는 영혜의 이야기를 통해 폭력의 심각성을 다시 한번 깨닫고, 인간의 존엄성과 타인에 대한 공감의 중요성을 되새겼다. 그리고 폭력 없는 사회, 모두가 행복하게 살 수 있는 사회를 만들기 위해 우리 모두가 노력해야 한다는 다짐을 했다. 카페 '쉼표'를 나서는 우리의 발걸음은 무거웠지만, 마음속에는 희망의 불씨가 타오르고 있었다. 우리는 영혜의 이야기를 잊지 않고, 그녀의 고통을 딛고 일어서서 더 나은 세상을 만들어갈 것이다.

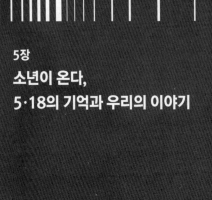

5장

소년이 온다,
5·18의 기억과 우리의 이야기

본격적인 독서 토론에 앞서, 한강 작가의 『소년이 온다』에 대한 간략한 소개를 드리겠습니다. 이 작품은 1980년 5월 광주에서 일어난 5·18 민주화운동을 배경으로 하며, 그 속에서 살아가던 사람들의 고통과 상처를 다층적인 시선으로 그려냅니다.

주요 등장인물:

동호: 15세 소년으로, 계엄군에 맞서 싸우다 친구의 죽음을 목격하고 자신 또한 희생됩니다.

정대: 동호의 형으로, 동생의 죽음 이후 죄책감과 트라우마에 시달립니다.

은숙: 동호와 함께했던 친구로, 사건 이후 고통스러운 기억 속에서 삶을 이어갑니다.

기타 인물들: 시위에 참여했던 학생들, 유가족들, 군인 등 다양한 인물들이 각자의 시선으로 당시의 사건을 전합니다.

작품의 주요 주제:

폭력의 참상과 트라우마: 국가 폭력이 개인과 사회에 미치는 파괴적인 영향, 생존자들이 겪는 육체적·정신적 고통을 묘사합니다.

기억과 망각의 갈등: 5·18의 진실을 밝히려는 자들과 은폐하려는 자들의 대립, 기억의 중요성과 망각의 위험성을 보여줍니다.

인간 존엄성의 상실과 회복: 폭력 속에서 인간성을 상실해가는 과정과 그 속에서도 피어나는 연대와 희망을 그립니다.

죄책감과 용서: 살아남은 자들의 죄책감, 가해자들의 죄의식, 그리고 용서와 화해의 가능성을 모색합니다.

줄거리 요약:

5월 광주, 그날의 기억: 1980년 5월, 광주 시민들은 민주주의를 향한 열망으로 시위에 참여하지만, 계엄군의 무력 진압에 맞닥뜨립니다.

동호의 죽음: 동호는 친구 정원의 죽음을 목격하고, 계엄군에게 붙잡혀 고문 끝에 숨을 거둡니다.

살아남은 자들의 고통: 동호의 어머니, 형 정대, 친구 은숙은 동호의 죽음으로 인한 깊은 슬픔과 죄책감에 괴로워합니다.

기억과 망각의 싸움: 시간이 흐르면서 5·18의 진실은 왜곡되고 은폐되지만, 생존자들은 기억을 지키기 위해 노력합니다.

상처와 치유: 폭력의 상처는 쉽게 아물지 않지만, 서로에게 기대고 연대하며 살아남은 자들은 고통을 극복하고 새로운 삶을 향해 나아

갑니다.

『소년이 온다』는 5·18 민주화운동의 참상을 생생하게 증언하며, 그 속에서 희생된 사람들의 고통과 살아남은 자들의 상처를 가슴 아프게 그려냅니다. 또한, 폭력의 잔혹함과 인간 존엄성의 가치를 되묻고, 기억과 망각, 죄책감과 용서라는 보편적인 주제를 탐구합니다.

이제 이 작품에 대한 이해를 바탕으로, 독서 모임의 토론 내용을 살펴보겠습니다.

1
5·18과 우리의 기억

✦

목요일 저녁, 독서 모임은 합정동에 위치한 카페 '쉼표'에서 열렸다. 이번 주의 책은 한강 작가의 『소년이 온다』였고, 첫 토론의 주제는 5·18 민주화운동과 그 사건이 남긴 상처에 대한 것이었다. 참석자들은 잔잔한 음악이 흐르는 카페 안에서 각자 자신의 경험과 생각을 바탕으로 이야기할 준비를 하고 있었다. 이 모임은 역사적 사건의 아픔을 다시 마주하고, 그 의미를 함께 나누기 위한 자리였다.

먼저 연구소에 근무하는 김 박사가 조심스럽게 입을 열었다.

"솔직히 이 책을 읽기 전에는 좀 망설였어요. 1980년 광주에서 무슨 일이 있었는지는 잘 알고 있었지만, 그것이 개인적으로 어떤 의미인지 깊이 생각해 본 적은 없었거든요. 그런데 동호가 친구의 시신을 확인하려고 안치소를 찾는 장면에서는 정말 숨이 막힐 정도로 고통스러웠어요. 그 어린 나이에 겪어야 했던 그 무게가 너무나도 생생하게 느껴졌습니다."

마케팅팀의 최 과장이 고개를 끄덕였다.

"저도 비슷한 생각이었어요. 동호는 그저 친구를 돕고자 했던 소년이었을 뿐인데, 국가의 폭력 앞에서 너무도 무력하게 사라져 갔죠. 읽으면서 그가 겪은 일들이 단순히 그의 개인적인 비극을 넘어, 우리 사회의 구조적 폭력을 상징하고 있다는 생각이 들었어요. 직장에서나 사회에서 경쟁하며 살아가지만, 이런 잔인한 폭력 속에서 누군가의 삶이 그렇게 쉽게 무너진다는 걸 생각하니 마음이 무거웠습니다."

법무팀의 이 부장이 깊은 한숨을 내쉬며 대화를 이어갔다.

"동호의 죽음은 단순히 한 소년의 희생이 아니죠. 우리가 기억해야 할 역사의 한 페이지예요. 그의 형 정대가 동생의 죽음 이후 평생 죄책감 속에서 살아가는 모습을 보면서 너무나도 안타까웠어요. 정대의 고통은 단순히 개인의 비극이 아니라, 광주의 상처를 기억하는 우리 모두가 짊어져야 할 무게라고 생각합니다. 우리가 그 고통을 잊지 않기 위해선 단순한 기념을 넘어, 그 아픔이 반복되지 않도록 노력해야 한다고 생각해요."

그때 인사팀 박 부장이 조심스럽게 손을 들며 말했다.

"며칠 전 큰딸이 학교에서 5·18에 대해 배웠다고 하더라고요. 그런데 그저 교과서에 나오는 역사적 사건으로만 알고 있다는 게 마음에 걸렸어요. 그래서 이 책을 딸에게 건네주면서 읽어보라고 했습니다. 저는 이 책이 단순히 그날의 광주를 기록한 것이 아니라, 그 속에 있었던 사람들의 이야기를 통해 당시의 고통을 감정적으로 이해하게 해준다고 생각해요. 그런 의미에서 우리에게 이 책은 꼭 필요한 이야기라고 봅니다."

기획팀 서 대리가 박 부장의 말에 고개를 끄덕였다.

"저도 학교에서 5·18을 배울 때는 그저 날짜와 몇몇 주요 사건 정도만 외웠던 기억이 나요. 그런데 이 책을 읽으면서, 그 안에 있었던 사람들의 생생한 고통과 상처가 얼마나 깊이 남아있는지 깨닫게 되었습니다. 특히 동호와 그의 친구들, 그리고 가족들의 이야기를 읽으면서 그들이 겪었던 비극이 우리에게 여전히 영향을 미치고 있음을 느꼈어요."

법무팀 신임 변호사인 김 변호사도 조용히 말을 이었다.

"저는 은숙의 이야기가 특히 마음에 남았어요. 동호와 함께했던 친구로서 그녀가 사건 이후 겪게 되는 트라우마와 고통, 그리고 그 속에서도 살아가려고 애쓰는 모습이 너무 가슴 아팠어요. 우리는 흔히 일상 속에서 그런 고통을 잊고 지내지만, 이 책을 통해 잊힌 사람들의 이야기를 다시 한번 생각하게 됐습니다."

연구소의 김 박사가 다시 말을 이었다.

"맞아요. 광주를 잊지 않는다는 건 단지 사건 자체를 기억하는 것이 아니라, 그 안에 있었던 사람들의 고통과 상처를 진정으로 이해하고, 그들을 위해 우리가 무엇을 할 수 있을지를 고민하는 것이라고 생각해요. 그 아픔을 기념하는 것만으로는 충분하지 않아요. 우리는 그 고통이 반복되지 않도록 해야 합니다."

인재개발원의 박 교수도 이에 동의하며 말을 이었다.

"사실 이 책을 읽으면서 개인적으로 죄책감을 느끼기도 했어요. 우리가 얼마나 잊고 살았는지, 그리고 그 잊힘이 얼마나 쉽게 일어나는지를 되돌아보게 되었습니다. 은숙이나 정대 같은 사람들이 평생 그 고통 속에서 살아가는데, 우리는 일상에 파묻혀 그것을 쉽게 잊어버리곤 하죠. 이 소설은 우리에게 잊지 말라는 경고의 메시지를 주고 있어요."

최 과장은 박 교수의 말에 고개를 끄덕이며 자신의 경험을 나누었다.

"얼마 전 회사에서 '사회적 책임'에 대해 토론할 기회가 있었어요. 그런데 그때 저는 이 책의 내용이 문득 떠오르더라고요. 우리가 기업의 이익을 추구하며 놓치고 있는 것이 무엇인지, 사회 속에서 얼마나 타인의 고통을 외면하고 있는지를 생각하게 됐어요. 동호의 죽음을 지켜보는 주변 사람들의 무력감이 오늘날에도 반복되고 있는 건 아닌지, 그런 생각이 들었습니다.”

박 부장은 고개를 끄덕이며 말했다.

“우리도 우리 사회의 동호들을 외면하고 있지는 않은지, 그들의
고통을 잊어버리려는 것은 아닌지 스스로에게 질문을 던져야 할 것 같
아요. 결국 우리가 해야 할 일은 이 이야기를 단지 비극적인 역사로 끝내
지 않고, 앞으로 나아가기 위한 교훈으로 삼는 것입니다.”

그 순간 카페 안은 조용해졌고, 모두가 각자의 자리에서 깊은 생
각에 잠긴 듯했다. 우리가 잊고 지냈던 고통과 상처, 그리고 그 안에서
살아가고 있는 사람들에 대한 이야기가 각자의 마음 깊이 와닿았다. 서
대리가 손을 들며 조심스럽게 말을 이었다.

“그래서 저는 우리가 할 수 있는 작은 일부터 시작해보면 좋겠다
고 생각해요. 회사 내에서나 사회에서 우리가 외면하고 있는 문제들을
직시하고, 그것을 바꾸기 위한 노력을 조금씩이라도 해보는 거죠. 불의
에 맞서 목소리를 내는 일, 주변의 어려운 이들을 돕는 일 등 우리가 할
수 있는 작은 실천들이 모이면 큰 변화를 만들어낼 수 있을 거라고 믿습
니다.”

박 교수는 미소를 지으며 동의했다.

“그렇죠. 그런 작은 실천들이 모여서 역사를 바꿀 수 있다고 생각

해요. 동호와 그 친구들의 이야기를 통해 우리는 용기와 연대의 가치를 다시 한번 되새겨야 합니다. 그리고 그 가치를 바탕으로 우리 사회를 더 나은 방향으로 이끌어가야겠죠.”

박 부장은 마지막으로 테이블 위에 놓인 책을 다시 한번 쳐다보며 말했다.

“이 책은 우리에게 질문을 던집니다. 우리는 그 질문에 어떻게 대답할 것인지, 어떤 행동을 할 것인지를 스스로 결정해야 합니다. 우리가 그날의 광주를 잊지 않고, 그들의 희생을 헛되이 하지 않기 위해서 우리가 변화의 주체가 되어야겠죠.”

카페 ‘쉼표’의 창밖으로 저녁 어스름이 내려앉고 있었다. 참석자들은 서로의 얼굴을 바라보며 작은 결의를 다졌다. 그날의 광주를 기억하고, 우리 사회의 동호들을 위해 무엇을 할 수 있을지 고민하며, 이 소설이 던진 질문에 대한 답을 찾기 위해 계속해서 이야기를 나누기로 했다.

2

잊힌 목소리, 상처의 기억

✖

독서 모임의 두 번째 모임이 열린 목요일 저녁, 다시 한번 카페 '쉼표'는 『소년이 온다』에 대한 뜨거운 열정과 진지함으로 가득 찼다. 이번 토론의 주제는 작품 속에 나타나는 폭력과 기억의 문제, 그리고 그로 인한 상처를 어떻게 극복할 수 있는지에 대한 것이었다. 참석자들은 각자의 경험과 감정을 바탕으로, 동호와 그의 주변 인물들이 겪는 폭력과 그로 인한 상처를 깊이 있게 논의했다.

먼저 인사팀 박 부장이 손을 들고 조심스럽게 입을 열었다.

"솔직히 이번 주제를 다루는 것이 쉽지는 않았어요. 동호가 친구의 죽음을 확인하기 위해 시신 안치소를 찾는 장면에서 가슴이 너무 아팠습니다. 그 어린 소년이 감당해야 했던 모든 폭력과 상실감이 너무나 생생하게 다가왔어요. 이 책을 읽으면서 5·18이 단순한 역사적 사건이 아니라, 그 속에 살아남은 사람들에게 얼마나 깊은 상처를 남겼는지를 다시금 느꼈습니다."

법무팀의 이 부장이 고개를 끄덕였다.

"그 장면은 정말 잊기 힘들죠. 동호의 경험은 단순히 개인의 아픔이 아니라, 우리 사회 전체의 아픔을 상징하는 것 같아요. 국가 권력에 의해 자행된 폭력이 개인의 삶에 얼마나 깊은 상처를 남길 수 있는지를 너무나 적나라하게 보여주고 있죠. 그저 한 사람의 죽음이 아니라, 그로 인해 무너진 수많은 사람들의 삶이 느껴졌습니다. 이는 단순히 역사를 기록하는 것이 아니라, 우리에게 그 고통을 다시 느끼게 하고, 결코 잊어서는 안 된다는 메시지를 전달하는 것 같아요."

연구소에 근무하는 김 박사가 말을 이었다.

"저는 동호의 형, 정대의 이야기가 특히 가슴에 남았어요. 동생을 잃은 후 느끼는 죄책감과 트라우마가 너무나도 현실적이었죠. 정대는 동생을 지켜주지 못했다는 죄책감에 평생 시달리며 살아갑니다. 이는 단순히 개인의 문제라기보다는 우리가 폭력의 희생자들을 어떻게 대해야 하는지에 대해 큰 질문을 던져줍니다. 폭력은 단순히 그 순간의 신체적 피해로 끝나는 것이 아니라, 그것을 목격하고 경험한 사람들의 마음에도 영원히 남는 상처를 남깁니다. 정대의 고통은 살아남은 자들이 평생 안고 가야 하는 무게를 여실히 보여줍니다."

기획팀의 최 과장도 고개를 끄덕이며 자신의 생각을 덧붙였다.

"정대의 죄책감은 단순히 개인적인 문제가 아니라, 우리 사회 전체의 문제와도 맞닿아 있는 것 같습니다. 우리는 종종 역사를 단순히 과거의 일로 치부하고, 그 속에서 상처받은 사람들을 잊어버리곤 합니다. 하지만『소년이 온다』는 우리가 잊어서는 안 될 이야기들을 들려주고 있어요. 동호와 정대의 이야기를 통해 우리는 그 당시의 희생자들이 여전히 고통 속에 살아가고 있음을 깨달아야 해요. 그들의 상처를 치유하기 위해 우리가 할 수 있는 일이 무엇인지 고민해야 한다고 생각합니다."

마케팅팀 서 대리가 손을 들며 말했다.

"저도 이 책을 읽기 전까지는 5·18에 대해 그렇게 깊이 생각해본 적이 없었어요. 교과서에서 배운 몇 줄의 설명이 전부였죠. 그런데 이 책을 읽으면서 그 사건이 단순한 정치적 사건이 아니라, 그 속에서 수많은 사람들이 겪었던 고통과 상처의 이야기라는 걸 깨닫게 되었어요. 그리고 우리가 그런 이야기를 잊지 않고 기억해야 한다는 책임감도 느꼈습니다."

법무팀의 신임 변호사인 김 변호사가 조용히 말을 이었다.

"저는 특히 은숙의 이야기가 마음에 남았어요. 동호와 함께했던 친구로서, 은숙은 그날 이후로 평생 그날의 기억에 사로잡히며 살아갑니다. 그 경험은 그녀에게 단순히 잊고 싶은 과거가 아니라, 그녀의 모든 일상에 깊이 뿌리내린 고통이었죠. 그녀의 삶은 더 이상 예전과 같을 수 없었고, 그날의 기억은 그녀의 존재 자체에 깊이 새겨져 있었어요. 저는 그녀의 이야기를 통해, 폭력이 개인에게 남기는 트라우마가 얼마나 깊은지를 다시 한번 생각하게 되었습니다."

박 교수가 깊은 생각에 잠긴 듯 말을 이었다.

"은숙은 그날의 트라우마 속에서도 자신의 일상을 유지하려고 노력하지만, 그것이 얼마나 어려운 일인지를 보여줍니다. 그녀의 이야기는 우리에게 폭력의 희생자들이 겪는 고통을 이해하고, 그들을 위한 사회적 지지가 얼마나 중요한지를 일깨워줘요. 우리는 종종 폭력의 피해자들에게 '시간이 지나면 괜찮아질 것'이라는 식으로 말하지만, 그들이 겪는 고통은 시간이 지난다고 저절로 사라지지 않습니다. 그들은 여전히 그날의 기억과 싸우며 살아가고 있습니다."

송 차장이 고개를 끄덕이며 말을 이었다.

"은숙의 이야기는 특히 우리 사회에서 트라우마를 어떻게 다뤄야 하는지를 고민하게 만듭니다. 우리는 종종 이러한 문제를 개인의 문제로 치부하고, 피해자들이 스스로 극복해야 한다고 생각하죠. 하지만 트라우마는 개인의 의지만으로 해결될 수 있는 문제가 아닙니다. 우리는 그들을 돕기 위한 제도적이고 사회적인 지원을 고민해야 합니다. 은숙과 같은 사람들이 자신의 상처를 치유하고, 다시 일상으로 돌아올 수 있도록 말이죠."

연구소의 김 박사는 조용히 말을 이었다.

"저는 이번에 읽으면서, 우리가 잊고 있었던 진실들을 다시 마주하게 된 것 같아요. 특히 작품에서 반복적으로 등장하는 '기억의 중요성'에 대해 깊이 생각하게 되었습니다. 그날의 광주를 잊지 않는 것, 그리고 그 기억을 다음 세대에게 전달하는 것이 우리가 해야 할 일인 것 같습니다. 동호의 죽음은 단순히 한 소년의 죽음이 아니라, 우리 모두가 기억해야 할 역사의 한 부분이에요. 우리는 그 기억을 통해 다시는 그런 일이 일어나지 않도록 해야 합니다."

최 과장이 말을 이었다.

"저는 이 책을 통해 역사를 기억하는 것이 단순히 과거를 되새기는 것이 아니라, 현재와 미래를 바꾸는 힘이 될 수 있다는 걸 느꼈어요. 동호와 그의 친구들, 그리고 그들을 잊지 않으려는 사람들의 이야기는 우리에게 진정한 용기와 연대가 무엇인지를 가르쳐줍니다. 그들의 이야기를 잊지 않고, 우리가 그들을 위해 무엇을 할 수 있을지 고민하는 것. 그것이야말로 우리가 역사를 기억하는 이유 아닐까요?"

서 대리가 말을 이었다.

"저는 이번에 5·18 민주화운동에 대해 조금 더 공부해봤어요. 사실 교과서에서 배운 몇 줄이 전부였던 저에게는 이 사건이 그렇게 크고 중요한 역사적 전환점이라는 걸 실감하지 못했던 것 같아요. 하지만 이번 기회에 그날의 광주에서 어떤 일이 일어났는지, 그리고 그 사건이 우리 사회에 어떤 영향을 미쳤는지를 조금 더 깊이 알게 되었어요. 그저 개인의 희생이 아니라, 민주주의를 지키기 위해 많은 사람들이 목숨을 바쳤다는 걸 깨닫고 나니, 그들의 희생이 헛되지 않도록 하는 것이 우리 세대의 의무라는 생각이 들었습니다."

밤이 깊어가면서도, 독서 모임의 열기는 식을 줄 몰랐다. 참석자들은 각자의 이야기를 나누며, 『소년이 온다』가 던지는 질문에 대해 깊이 생각하고 있었다. '우리는 무엇을 해야 할까?'라는 질문은 모임의 주제를 초월해 각자의 가슴속에 자리 잡고 있었다.

박 교수가 조용히 말을 이었다.

"이 책을 읽고 난 후 우리가 할 수 있는 일은 무엇일까요? 그저 과거의 이야기를 기억하는 것만으로 충분할까요?"

서 대리가 조심스럽게 말했다.

"저는 우리가 작은 것부터 시작해야 한다고 생각합니다. 우리가 겪은 아픔들을 잊지 않고, 다음 세대에게 그 이야기를 전하는 것부터 시작해야 해요. 그리고 그들을 위해 우리가 할 수 있는 일이 무엇인지를 끊임없이 고민해야 합니다. 그것이 비록 작은 일일지라도, 그것이 모여 큰 변화를 만들 수 있을 거라고 믿어요."

박 부장이 미소를 지으며 고개를 끄덕였다.

"우리가 할 수 있는 작은 일부터 시작해봅시다. 이 이야기를 잊지 않고, 그 아픔을 기억하며, 더 나은 세상을 만들기 위해 노력하는 것. 그것이 바로 우리가 이 책을 통해 배운 것이 아닐까요?"

그날 밤, 참석자들은 각자의 마음속에 깊은 다짐을 안고 카페를 떠났다. 『소년이 온다』는 그저 과거의 이야기가 아니라, 현재와 미래를 살아가는 우리에게 던지는 질문이자, 우리가 반드시 기억해야 할 이야기였다. 그 이야기를 잊지 않고, 그 아픔을 딛고 일어설 수 있도록 서로를 지지하며 나아가는 것. 그것이야말로 우리가 해야 할 일이라는 것을 다시 한번 느끼게 된 밤이었다.

3
기억과 망각, 그 경계에서

✗

목요일 저녁, 퇴근 후 멤버들은 하나둘 카페 '쉼표'에 모여들었다. 오늘의 독서 모임 주제는 한강 작가의 『소년이 온다』 중에서도 '기억과 망각'에 관한 것이었다. 지난 두 번의 모임에서 우리는 동호와 그의 주변 사람들이 겪은 비극적인 사건과 그로 인한 고통을 이야기했다. 이제는 그 고통을 사회가 어떻게 기억하고, 또 어떻게 망각하려 했는지에 대해 깊이 있게 논의할 시간이었다.

마케팅팀의 최 과장이 조용히 말을 꺼냈다.

"이 책을 읽으며 가장 마음에 걸렸던 건 우리가 얼마나 쉽게 잊을 수 있는가 하는 점이었어요. 광주의 그 비극을 겪은 사람들이 여전히 살아가고 있는데, 우리는 너무 쉽게 그들의 고통을 잊고 있는 건 아닐까요? 그때의 상처가 아직도 아물지 않았다는 걸 알면서도 말이에요."

최 과장은 한숨을 내쉬며 고개를 저었다.

"기억한다는 건 단순히 아픈 과거를 떠올리는 게 아니라, 그에 대한 책임을 지고 현재를 바꿔나가는 일 아닐까요?"

인재개발원 박 교수가 맞장구쳤다.

"맞아요, 최 과장님. 저도 이번에 이 책을 읽으면서 5·18이 단순한 과거의 사건이 아니라, 지금도 누군가에게는 지워지지 않는 현실이라는 걸 깨달았어요. 특히 동호와 그 친구들이 겪었던 고통이 그저 그들만의 문제가 아니라, 우리가 함께 짊어져야 할 책임이라는 생각이 들었어요. 기억이라는 건 그냥 남아있는 정보가 아니라, 그 기억이 우리 삶에 어떤 영향을 미치느냐가 중요한 것 같아요."

연구소의 김 박사는 깊은 생각에 잠긴 듯 말을 이었다.

"맞습니다. 동호의 이야기를 읽으면서, 우리 사회가 그동안 얼마나 많은 아픔을 묻어두고 외면해 왔는지 새삼 깨달았습니다. 우리는 때로 기억하기보다는 잊어버리는 게 편하다고 생각하죠. 하지만 그 편안함 뒤에는 또 다른 피해자가 생길 수 있어요. 우리가 그걸 외면한 채 살아가는 한, 그런 잘못은 반복될 수밖에 없다는 생각이 듭니다."

기획팀의 서 대리가 고개를 끄덕였다.

"저는 특히 기억과 망각의 문제에서 동호의 형 정대의 이야기가 떠올랐어요. 정대는 동호를 지키지 못했다는 죄책감에 시달리며 살아가죠. 그 죄책감이 정대를 붙잡고 있는 모습이 너무 안타까웠어요. 그는 기억하고 싶지 않았을지도 몰라요. 하지만 잊을 수 없었고, 그 기억이 결국 그를 무너뜨렸죠. 우리 사회도 마찬가지 아닐까요? 광주의 아픔을 제대로 기억하지 않으면 결국 우리는 모두 그 고통에서 자유로울 수 없을 거라고 생각해요."

법무팀의 이 부장이 잠시 생각에 잠기더니 말을 이었다.
"저는 정대뿐만 아니라 은숙의 이야기도 떠올랐어요. 은숙은 그날의 기억을 잊으려고 애쓰지만, 결국 그것에서 벗어날 수 없죠. 그런데 그녀는 그 기억을 통해 무엇인가를 말하려고 노력합니다. 기억이라는 게 우리를 얽매이기도 하지만, 동시에 우리가 앞으로 나아가게 하는 힘이 되기도 한다는 걸 느꼈어요. 은숙의 고통은 잊히지 않기 때문에 더 의미가 있었고, 그 고통을 통해 그녀는 자신의 삶을 이어가고 있었던 것 같아요."

인사팀의 박 부장이 고개를 끄덕이며 맞장구쳤다.
"맞아요. 기억을 떠올리며 살아간다는 건 정말 쉽지 않은 일입니다. 때로는 그 고통이 너무 커서 도망가고 싶기도 하죠. 그런데 동호와 같은 피해자들의 이야기를 잊는다면, 우리는 결국 같은 잘못을 반복할 수밖에 없을 거예요. 그래서 우리가 이 책을 읽으며 다시 한번 그날을 기억하는 것이 중요하다고 생각해요. 기억은 단순히 과거에 머무르는 게 아니라, 현재를 바꾸고 미래를 준비하게 만드는 힘이라고 봐요."

송 차장이 말을 이었다.

"저도 박 부장님의 말씀에 공감해요. 사실 저희 부모님께서는 5·18에 대해 거의 말씀을 하지 않으셨어요. 어렸을 때 뉴스나 다큐멘터리를 보다가 물어보면 그냥 지나가듯 대답하시곤 했죠. 그런데 이 책을 읽으면서 그 침묵이 무슨 의미였는지를 알게 되었어요. 부모님 세대에게 5·18은 단순한 역사적 사건이 아니라, 말하기 힘든 고통과 두려움의 기억이었던 거죠. 그렇다고 그 기억을 없던 일처럼 묻어둬서는 안 되는 것 같아요. 그걸 이야기하고, 다음 세대에게 전하는 일이야말로 우리가 해야 할 일 아닐까요?"

법무팀의 신임 변호사인 김 변호사가 손을 들었다.

"저는 이 책을 읽으면서 그런 생각이 들었어요. 왜 우리 사회는 이렇게 중요한 기억을 교육하지 않는 걸까요? 저는 학교 다닐 때 5·18에 대해 정말 짧게 배웠어요. 그런데 지금 와서 보니 그때의 일이 단순한 과거의 사건이 아니라, 지금 우리의 삶에도 영향을 미치는 중요한 기억이더라고요. 교육을 통해 이 기억을 잊지 않고 이어가는 게 정말 중요하다는 생각이 들었어요. 그래야만 우리가 같은 실수를 반복하지 않을 수 있을 테니까요."

"교육의 중요성, 정말 공감합니다."

박 교수가 미소 지으며 맞장구쳤다.

"저는 인재개발원에서 교육 프로그램을 기획하면서 종종 우리가 역사적 기억을 어떻게 다루고 있는지 고민하곤 합니다. 우리 사회가 성장하고 발전하기 위해서는 아픈 기억도 직면하고, 그것을 통해 배워야 해요. 동호의 이야기를 통해 우리는 잊지 말아야 할 것들이 무엇인지, 그리고 그것을 어떻게 기억할 것인지 고민해야 한다고 생각해요. 단순히 기억하는 것을 넘어, 그 기억이 현재 우리 삶에 어떤 의미가 있는지 되새기고, 행동으로 이어가야죠."

박 부장이 고개를 끄덕였다.

"맞습니다. 잊지 않기 위해서는 우리가 행동으로 그 기억을 지켜야 해요. 책을 읽으면서 정말 많이 반성했습니다. 그저 잊고 지나가 버리기에는 너무나 큰 아픔이고, 그 아픔을 겪은 사람들을 위해 우리가 할 수 있는 일이 분명히 있을 거라고 생각해요. 그래서 우리 독서 모임에서도 작은 실천을 시작해보면 어떨까요? 예를 들어, 매년 5월에는 함께 광주를 방문하거나 관련된 다큐멘터리를 보는 식으로 말이에요. 기억은 행동을 통해 더욱 뚜렷해질 수 있다고 생각합니다."

서 대리가 미소를 지으며 말했다.

"저도 광주에 가본 적이 없는데, 직접 가보면서 그날의 기억을 느껴보고 싶어요. 책을 읽고 토론하는 것도 의미 있지만, 직접 그 장소를 경험해보는 건 또 다른 차원의 이해를 줄 것 같아요. 우리 모두가 함께 그곳에서 느낀 것들을 나누면, 더 깊은 공감과 이해가 생길 것 같아요."

최 과장이 손을 들며 덧붙였다.

"사실 기억과 망각의 문제는 단지 과거의 사건에만 국한된 게 아니라고 생각해요. 지금도 우리 주변에서는 여전히 억압받고 고통받는 사람들이 있어요. 그들의 목소리를 듣고 기억하는 것도 중요하다고 봅니다. 결국 우리가 기억해야 할 것은 단지 5·18의 비극만이 아니라, 현재 진행 중인 모든 억압과 고통이에요. 우리는 더 이상 침묵하지 않고, 그들의 목소리에 귀 기울여야 합니다."

박 교수는 고개를 끄덕이며 마무리 지었다.

"맞아요, 최 과장님. 우리가 『소년이 온다』를 읽고 이렇게 깊이 이야기 나누는 것도, 결국 우리가 앞으로 어떤 사회를 만들어가야 할지에 대한 고민의 일환이라고 생각해요. 동호와 그 친구들의 이야기는 과거의 사건이 아니라, 지금 우리가 살아가는 현실 속에서도 여전히 유효한 메시지를 던지고 있습니다. 우리는 그 기억을 가슴에 새기고, 더 나은 미래를 만들어가기 위해 노력해야 할 것입니다."

카페 '쉼표'를 나서는 길, 우리는 서로에게 미소를 지으며 인사를 나누었다. 오늘의 토론은 단순히 책을 읽고 느낀 감정을 공유하는 것을

넘어, 우리 사회가 안고 있는 문제를 직시하고, 그것을 어떻게 해결해 나
갈지에 대한 깊은 고민을 나누는 자리였다. 광주의 그날을 기억하고, 그
것을 통해 더 나은 사회를 만들어가야 한다는 다짐이 우리 모두의 마음
속에 남아있었다.

4
살아남은 자들의 고통

✖

카페 '쉼표'의 문을 열고 들어가니, 이번 주 독서 모임 멤버들이 이미 테이블에 모여 있었다. 한강의 『소년이 온다』를 읽고 나눈 이야기 중에서도 특히 이번에는 '살아남은 자들이 겪는 고통'에 대해 이야기 나누는 날이었다. 죄책감, 상실감, 그리고 트라우마라는 주제가 주어진 만큼, 카페 안의 공기는 무거웠고, 모두 진중한 표정으로 모임에 임하고 있었다.

마케팅팀의 최 과장이 깊은 한숨과 함께 먼저 입을 열었다.
"이번 주 주제를 읽으면서, 정말로 힘들었어요. 특히 동호의 형, 정대가 느끼는 죄책감은 너무나도 깊고 생생하게 그려져 있어서, 제 마음을 누르는 것 같았습니다. 그가 친동생인 동호를 지켜주지 못했다는 생각에 평생을 고통 속에서 살아가는 모습이 정말 안타까웠어요. 살아남

178

았다는 이유만으로 스스로를 벌주며 살아간다는 것은 너무나 가혹한 일인 것 같습니다."

법무팀의 이 부장이 고개를 끄덕이며 최 과장의 말에 동의했다.

"정대의 죄책감은 단순히 동생을 지켜주지 못했다는 사실에서 비롯된 게 아니죠. 그는 자신의 무력함에 대해 스스로를 용서하지 못했고, 그로 인해 동생을 잃었다는 생각에 괴로워합니다. 이는 단순히 개인의 문제를 넘어서서 우리가 사회적으로도 어떻게 폭력의 희생자들을 대해야 하는지에 대한 질문을 던지고 있어요. 우리가 폭력의 생존자들에게 그들이 살아남은 것 자체가 죄가 아니라고 어떻게 전달할 수 있을까요?"

인재개발원의 박 교수가 깊은 생각에 잠긴 듯 말을 이었다.

"정말 그렇습니다. 우리가 살아남은 자들에게 '살아남은 것만으로도 괜찮다.'라고 말해주는 것이 중요하다고 생각해요. 특히 정대의 경우처럼, 스스로를 용서하지 못하는 사람들에게는 그 주변인들의 지지와 공감이 절대적으로 필요하죠. 하지만 우리 사회에서는 종종 이런 고통이 감춰지고, 개인적인 문제로만 여겨지는 경향이 있습니다. 우리는 이러한 문제를 공동체적으로 어떻게 다룰 수 있을지 고민해야 해요."

기획팀의 서 대리가 조심스럽게 손을 들었다.

"저는 은숙의 이야기도 굉장히 마음에 남았습니다. 동호의 친구로서 그녀는 사건 이후 오랫동안 그날의 기억에 사로잡혀 있었고, 그것이 결국 그녀의 삶 전체를 바꿔놓았죠. 은숙의 트라우마는 그녀의 모든 일상에 스며들어 있었고, 결국 그 기억에서 벗어나지 못한 채 고통 속에서 살아가게 되었습니다. 그 장면들이 정말 가슴 아팠어요. 특히 그녀가 그 기억을 외면하려고 노력했지만 결국 그 속에서 벗어날 수 없는 모습을 보면서, 트라우마가 얼마나 깊이 개인의 삶에 영향을 미칠 수 있는지를 실감했습니다."

법무팀 신임 변호사인 김 변호사가 서 대리의 말에 고개를 끄덕였다.

"은숙의 이야기는 정말로 깊은 인상을 남겼어요. 그녀가 친구였던 동호를 잃고 나서 겪는 고통은 그저 일회적인 상처가 아니라, 지속적으로 그녀의 삶을 갉아먹는 트라우마로 남아있죠. 은숙은 그것을 외면하려고 하지만, 그것은 그녀의 삶에서 지울 수 없는 부분이었어요. 이 책을 읽으면서, 우리가 흔히 말하는 '시간이 지나면 괜찮아질 거야.'라는 말이 얼마나 무책임할 수 있는지를 다시 한번 느끼게 되었습니다. 시간은 모든 것을 해결해주지 않아요. 그 고통은 여전히 그들의 삶 속에 남아있는 법이죠."

인사팀의 송 차장이 조용히 입을 열었다.
"저는 동호 어머니의 이야기가 특히 마음에 남았어요. 자식을 잃은 어머니가 느끼는 상실감은 그 무엇으로도 표현할 수 없을 만큼 큰 고통이었을 거예요. 동호의 어머니가 아들을 찾기 위해 안치소를 헤매는 장면에서는 정말 마음이 찢어지는 것 같았습니다. 자식을 지키지 못했다는 죄책감, 그리고 그리움이 그녀의 모든 일상을 무너뜨렸죠. 우리는 종종 이처럼 상실을 겪은 사람들에게 위로의 말을 건네지만, 그 말들이 그들에게 얼마나 다가갈 수 있을까요? 그들이 겪는 고통을 완전히 이해할 수는 없겠지만, 적어도 그 고통을 잊지 않고 함께 기억하려는 노력이 필요하다고 생각해요."

마케팅팀의 최 과장이 한동안 침묵을 지키다가 말을 이었다.

"우리가 할 수 있는 건 결국 그들의 이야기를 듣고, 그들이 느끼는 고통에 공감하며, 그 기억을 공유하는 것이라고 생각합니다. 동호의 형, 친구, 어머니처럼 각자 다른 방식으로 고통을 겪고 있는 사람들을 외면하지 않고, 그 고통에 함께 귀 기울이는 것이 중요해요. 그들이 그 고통 속에서 홀로 외롭게 싸우지 않도록 하는 것, 그것이 우리가 할 수 있는 최선의 위로 아닐까요?"

연구소의 김 박사는 동의하며 고개를 끄덕였다.

"맞아요. 특히 은숙이나 정대의 경우를 보면, 그들은 고통 속에서 홀로 싸우고 있었어요. 주변에 그들의 이야기를 들어줄 사람이 없었기 때문에, 그 고통은 더욱 깊어질 수밖에 없었죠. 우리가 그들에게 필요한 것은 단순한 동정이 아니라, 진정한 이해와 연대라고 생각합니다. 그들이 겪고 있는 상실감과 죄책감을 우리가 함께 나눌 수 있을 때, 그들은 비로소 그 무게에서 조금이나마 벗어날 수 있을 거예요."

인재개발원의 박 교수가 다시 말을 이었다.
"정말 중요한 말씀입니다. 이 책이 우리에게 던지는 가장 큰 메시지 중 하나는 바로 기억의 중요성이라고 생각해요. 동호와 그의 친구들, 그리고 그들을 잊지 않으려는 사람들의 이야기는 우리에게 진정한 용기와 연대가 무엇인지를 가르쳐줍니다. 우리는 그들의 이야기를 잊지 않고, 그들이 겪었던 고통을 함께 기억해야만 합니다. 그래야만 우리가 앞으로 같은 실수를 반복하지 않을 수 있을 거라고 믿어요."

기획팀의 서 대리가 조용히 말했다.
"저는 이 책을 읽으면서, 살아남은 자들의 고통에 대해 더 깊이 생각하게 되었습니다. 그들이 느끼는 죄책감과 상실감은 단순히 개인적인 감정이 아니라, 사회가 함께 짊어져야 할 무게라고 생각해요. 우리는 그들의 이야기를 듣고, 그들이 홀로 외롭지 않도록 함께해야 한다고 생각합니다. 이 책을 통해 그런 책임감을 다시 한번 느꼈습니다."

박 부장이 고개를 끄덕이며 말했다.
"저도 마찬가지입니다. 이 책을 읽고 난 후, 우리가 할 수 있는 일이 무엇일까에 대해 많이 고민하게 되었어요. 우리는 그저 그들의 고통을 동정하는 것이 아니라, 그들의 이야기를 듣고 기억하며, 그 기억을 바탕으로 더 나은 사회를 만들어 나가야 합니다. 그것이 우리가 그들에게 할 수 있는 최고의 위로이자 경의가 아닐까요?"

카페 안에는 잠시 침묵이 흘렀다. 각자의 자리에서 깊은 생각에 잠긴 멤버들은 서로의 얼굴을 바라보았다. 그들의 눈빛에는 결의가 담겨있었다. 우리가 해야 할 일은 단순히 과거의 비극을 기억하는 것이 아니라, 그 고통을 통해 배운 교훈을 바탕으로 더 나은 미래를 만들어가는 것이었다.

박 교수가 마지막으로 말을 맺었다.

"우리는 이번 토론을 통해 많은 것을 배웠습니다. 그리고 그 배움을 행동으로 옮기는 것이 중요하다고 생각합니다. 저는 앞으로 제 주변 사람들에게 이 책을 추천하고, 5·18에 대한 이야기를 더 많이 나누고 싶어요. 그날의 진실을 더 많은 사람들과 공유하고, 함께 기억하는 것. 그 것이 우리가 할 수 있는 첫걸음일 것입니다."

밤이 깊어지면서, 카페 '쉼표'는 차분한 침묵 속에 잠겼다. 그 침묵 속에는 역사를 잊지 않겠다는 굳은 다짐이 담겨있었다. 참석자들은 서로의 눈을 바라보며 작은 미소를 지었고, 그 순간 모두가 같은 마음으로 연결되어 있다는 것을 느꼈다. 우리는 역사의 아픔을 직시하고, 그 기억을 바탕으로 더 나은 내일을 만들어가기로 다짐했다. 『소년이 온다』가 우리에게 던진 질문들에 대한 답을 찾아가는 여정은 이제 막 시작된 셈이었다.

5

용서와 화해 - 새로운 길

✖

독서 모임은 오늘도 카페 '쉼표'에서 열렸다. 『소년이 온다』의 마지막 토론 주제로 '용서와 화해'를 다루기로 한 이번 모임은 특별히 더 진지한 분위기 속에서 진행되었다. 5·18 민주화운동의 상처를 마주한 이들이 어떻게 용서와 화해를 통해 새로운 길로 나아갈 수 있을지에 대해 참석자들은 각자의 생각을 나누고 있었다.

먼저 인재개발원의 박 교수가 조심스럽게 입을 열었다.

"용서와 화해라는 주제는 언제나 쉽지 않죠. 특히 광주에서 벌어진 비극을 생각하면, 그 상처를 겪은 사람들이 과연 가해자들을 용서할 수 있을까 하는 의문이 듭니다. 그러나 『소년이 온다』를 읽으면서 느낀 것은 용서와 화해가 단지 가해자를 위한 것이 아니라, 상처받은 이들이 스스로를 위해 필요한 과정일 수도 있다는 것입니다. 동호의 형 정대나

은숙 같은 사람들은 고통 속에서 살아가면서도 그 고통에 묶이지 않고 앞으로 나아가기 위해 용서라는 단어를 고민하게 되었던 것 같아요."

법무팀의 이 부장이 맞장구쳤다.

"맞아요, 박 교수님. 저는 용서라는 것이 단순히 다른 사람을 위해 베푸는 것이 아니라, 나 자신을 위해서도 필요한 일이라고 생각합니다. 정대가 동호를 지키지 못했다는 죄책감에 평생 시달리는 것을 보면, 그가 자기 자신을 용서하지 못하는 모습이 너무나 안타까웠어요. 용서하지 못하면 그 고통은 영원히 자신의 삶을 억누르는 족쇄로 남아 있게 되니까요. 용서는 결국 자신을 자유롭게 하는 과정일 수도 있다는 생각이 들었습니다."

기획팀의 서 대리가 잠시 말을 멈추고 생각에 잠기더니 말을 이었다.

"은숙의 경우에도 그렇죠. 그녀는 그날의 기억에 사로잡혀서 오랫동안 트라우마와 싸워야 했어요. 그런데 그녀가 그 기억에서 벗어나기 위해 선택한 것이 결국 누군가를 용서하는 것이 아니라, 자신의 삶을 받아들이는 과정이었던 것 같아요. 은숙은 용서를 통해 그 고통에서 완전히 벗어나진 못했지만, 그럼에도 불구하고 자신이 앞으로 나아갈 수 있는 힘을 찾으려고 노력했어요. 그것이야말로 화해의 첫걸음이라고 생각해요."

마케팅팀의 최 과장이 고개를 끄덕이며 동의했다.

"그렇죠. 용서와 화해는 단지 상대방과의 관계에서만 필요한 게 아니라, 자기 자신과의 관계에서도 중요한 것 같아요. 은숙이나 정대뿐만 아니라, 우리 모두가 때때로 스스로를 용서하지 못해서 과거의 잘못이나 아픔에 사로잡히곤 하잖아요. 『소년이 온다』를 읽으면서 그 상처에서 벗어나기 위해서라도 자신과 화해하는 것이 얼마나 중요한지 깨닫게 되었습니다."

법무팀 신임 변호사인 김 변호사가 조용히 입을 열었다.

"저는 사실 이 책을 읽으면서 용서라는 단어가 참 무겁게 느껴졌어요. 용서는 피해자에게 너무나 큰 부담이 될 수 있잖아요. 특히 가해자가 진심으로 반성하지 않는다면, 피해자에게 용서를 요구하는 건 너무 가혹한 일이라고 생각합니다. 그러나 한편으로는, 용서하지 않는 것이 피해자에게 더 큰 고통이 될 수도 있다는 점도 이해가 돼요. 용서와 화해라는 것이 결국 피해자의 선택이어야 하고, 그 선택이 강요되어서는 안 된다는 걸 다시 한번 느꼈습니다."

인사팀의 송 차장이 고개를 끄덕였다.

"저도 같은 생각이에요. 용서와 화해는 강요할 수 없는 것들이죠. 그것은 개인의 선택이어야 하고, 그 과정은 매우 개인적인 여정일 거예요. 이 책을 읽으면서 저는 우리가 그저 피해자들이 스스로 선택할 수 있도록 지지해 주는 것이 중요하다고 생각하게 되었어요. 우리가 할 수 있는 일은 그들이 자신의 속도로 고통을 극복해 나갈 수 있도록 곁에서 함께 있어 주는 것이겠죠."

연구소의 김 박사가 말을 이었다.

"맞아요. 저는 화해라는 것이 반드시 상대방과의 관계에서만 이루어지는 것이 아니라고 생각합니다. 『소년이 온다』에서 동호의 가족들이나 친구들이 겪는 고통은 서로를 통해 치유되기도 했죠. 그들은 서로의 상처를 이해하고, 그 고통을 함께 나누면서 조금씩 앞으로 나아갔어요. 화해는 결국 관계의 회복이라기보다는, 그 관계 속에서 서로의 고통을 받아들이고 이해하는 과정이 아닐까 싶습니다."

박 부장이 조용히 말을 덧붙였다.

"그렇습니다. 저는 우리가 이 책을 통해 배울 수 있는 가장 중요한 것 중 하나는 바로 연대의 중요성이라고 생각해요. 동호의 죽음을 둘러싼 사람들은 각자의 방식으로 고통을 겪고 있었지만, 그들은 그 고통을 혼자 짊어지지 않았어요. 서로의 고통을 함께 나누고, 서로에게 위로가 되어 주면서 결국 화해와 치유의 길로 나아갔죠. 우리가 앞으로 나아가기 위해서는 이러한 연대가 정말로 필요하다고 생각합니다."

기획팀의 서 대리가 미소를 지으며 말했다.

"맞아요, 박 부장님. 저도 같은 생각이에요. 용서와 화해는 혼자서 할 수 있는 것이 아니라, 주변의 지지와 연대가 있을 때 가능해지는 것 같아요. 특히 동호의 어머니가 다른 사람들과 함께 그 고통을 나누면서 조금씩 회복되는 모습을 보면서, 연대의 힘을 다시 한번 실감하게 되었습니다. 우리는 서로에게 기대고, 서로를 지지해 주는 과정을 통해 진정한 화해와 용서를 이룰 수 있는 것 같습니다."

마케팅팀의 최 과장이 손을 들며 덧붙였다.

"그리고 저는 우리가 잊지 말아야 할 것이 하나 더 있다고 생각해요. 용서와 화해는 개인의 문제를 넘어서, 우리 사회 전체가 함께 고민해야 할 주제라는 점이에요. 5·18의 비극을 기억하고, 그 상처를 치유하기 위해서는 우리 사회 전체가 그 아픔을 직시하고, 함께 기억해야 합니다. 그 기억을 바탕으로 더 나은 사회를 만들어 나가는 것, 그것이야말로 진정한 의미의 화해가 아닐까요?"

박 교수가 다시 고개를 끄덕였다.

"정말 중요한 지적입니다, 최 과장님. 우리가 『소년이 온다』를 읽고 나서 이렇게 용서와 화해에 대해 깊이 이야기 나누는 것도, 결국 우리 사회가 앞으로 나아가기 위해 필요한 과정이라고 생각해요. 우리는 그날의 비극을 기억하고, 그 상처를 직시하면서 더 나은 미래를 만들어가기 위해 노력해야 합니다. 그것이야말로 우리가 이 책에서 배운 가장 중요한 교훈일 것입니다."

카페 '쉼표'의 창밖으로 저녁 어스름이 내려앉고 있었다. 참석자들은 서로의 얼굴을 바라보며 작게 미소를 지었다. 오늘의 토론은 단순히 책의 내용을 논의하는 것을 넘어서, 우리가 살아가는 사회와 그 안에서의 인간관계에 대해 깊이 생각해 보는 시간이었다. 용서와 화해, 그것은 결코 쉬운 일이 아니었지만, 그럼에도 불구하고 우리가 함께 그 길을 걸어가야 한다는 것을 느끼게 해준 토론이었다.

마지막으로 박 부장이 테이블 위에 놓인 책을 가볍게 두드리며 말했다.
"이 책은 우리에게 질문을 던집니다. 우리는 과거의 상처를 어떻게 대하고, 그 상처를 통해 무엇을 배울 것인가? 그리고 그 배움을 바탕으로 어떻게 앞으로 나아갈 것인가? 우리가 이 질문에 대한 답을 찾아가는 여정은 이제 막 시작되었고, 앞으로도 계속될 것입니다."

참석자들은 그 말에 고개를 끄덕이며 각자의 마음속에 다짐을 새겼다. 『소년이 온다』가 던진 질문에 대한 답을 찾기 위해, 그리고 그 답을 바탕으로 더 나은 사회를 만들어가기 위해, 그들은 계속해서 이야기를 나누고, 함께 걸어갈 것이다. 오늘의 모임은 끝났지만, 그들이 나눈 이야기와 그 속에 담긴 다짐은 앞으로도 그들의 삶 속에서 계속 이어질 것이었다.

6장
작별하지 않는다:

기억과 역사,
그리고 치유의 서사

『작별하지 않는다』는 깊은 슬픔과 상실, 그리고 그 속에서 피어나는 치유와 연대의 이야기를 다룬 작품입니다. 이 소설은 우리에게 과거의 아픔과 어떻게 마주해야 하는지, 그리고 그 과정에서 우리는 어떻게 서로에게 힘이 되어 줄 수 있는지에 대한 깊은 질문을 던집니다. 소설 속 주인공 경하는 제주 4.3 사건을 소재로 한 소설을 쓰면서 과거의 트라우마와 마주하게 됩니다. 그녀는 악몽과 육체적 고통을 통해 과거의 사건을 생생하게 경험하고, 그 속에서 희생된 사람들의 아픔에 공감합니다. 경하의 여정은 독자들에게 과거를 기억하고 기록하는 것이 왜 중요한지, 그리고 그 기억을 통해 어떻게 현재를 살아가고 미래를 만들어갈 수 있는지에 대한 깊은 질문을 던집니다.

주요 등장인물:

* 경하: 소설의 주인공이자 소설가. 도시 학살에 대한 소설을 쓰면서 과거의 트라우마와 마주하게 됩니다.

* 인선: 다큐멘터리 감독이자 경하의 친구. 자신의 어머니를 통해 과거의 아픔을 이해하고자 합니다.

* 인선의 어머니: 4.3 사건의 생존자. 과거의 상처를 안고 살아가면 서도 딸에게 자신의 이야기를 전하고자 합니다.

작품의 주요 주제:

* 기억과 망각: 과거의 아픔을 기억해야 할까요, 아니면 잊어야 할 까요? 소설 속 인물들은 각자의 방식으로 이 질문에 답합니다. 어머니는 끊임없이 자료를 수집하고 기록을 남기면서 과거를 기 억하려고 합니다. 인선은 다큐멘터리를 통해 과거의 진실을 드 러내려고 합니다. 경하는 소설을 통해 과거의 아픔을 공감하고 이해하려고 합니다.

* 상실과 치유: 우리는 상실의 아픔을 어떻게 극복하고 치유할 수 있을까요? 소설 속 인물들은 모두 과거의 상처로 인해 고통받지 만, 결국에는 서로에게 힘이 되어 주고 함께 상처를 치유해나갑 니다.

* 관계와 소통: 타인과의 관계 속에서 우리는 어떻게 위로받고 성 장할 수 있을까요? 경하와 인선, 그리고 인선의 어머니는 서로에 게 솔직한 감정을 털어놓고 서로의 아픔을 공유하면서 진정한 관계를 맺습니다.

* 사랑과 연대: 사랑과 연대는 어떻게 우리를 힘든 현실에서 지탱

해줄 수 있을까요? 소설 속 인물들은 서로에게 힘이 되어 주고 연대하면서 과거의 아픔을 극복하고 미래를 향해 나아갑니다.

함께 나누고 싶은 이야기들:

* 소설 속 인물들의 고통과 상처에 공감하며, 그들의 아픔을 함께 나누고 싶습니다.
* 과거의 아픔을 어떻게 기억하고 극복해야 할지, 그리고 그 과정에서 우리는 어떻게 서로에게 힘이 되어 줄 수 있을지에 대해 이야기 나누고 싶습니다.
* 소설 속 인물들의 관계를 통해, 우리는 어떻게 서로에게 힘이 되어 줄 수 있는지, 그리고 진정한 소통과 연대의 의미는 무엇인지에 대해 생각해보고 싶습니다.

『작별하지 않는다』는 단순히 소설 속 인물들의 이야기가 아닌, 우리 모두의 이야기입니다. 이 작품을 함께 읽고 토론하며, 우리는 삶의 고통과 상처, 그리고 그 속에서 피어나는 치유와 연대의 의미를 되새길 수 있을 것입니다.

1
역사의 기억과 몸

✖

"3분마다 바늘로 손가락을 찌르는 아픔이 단순한 몸의 고통을 넘어서, 옛날의 아픔을 지금으로 가져오는 행위였어요."

독서 토론을 시작하면서, 나는 소설 속 인선의 말을 생각하며 물었다.

"여러분, 이 구절 어떻게 생각하세요? 그냥 아픈 것과는 다른 의미가 있었던 걸까요?"

카페 안이 조용했다가 김 박사가 말문을 열었다.

"재미있는 질문이네요. 이 말이 이 작품 전체를 관통하는 기억과 기록의 방식을 보여주는 것 같아요."

"이 소설은 옛날 일을 그저 보여주는 게 아니라, 기억하고 기록하는 일을 통해 옛날과 지금이 어떻게 이어지는지, 거기서 어떤 뜻을 찾을 수 있는지 이야기하고 있는 거 같아요. 오늘은 작품 속 사람들이 각자 옛날을 어떻게 기억하는지, 그러면서 어떤 생각을 하게 되는지 함께 얘기해보려 해요. 특히 경하의 악몽, 인선이 찍은 다큐멘터리와 나무 일, 어머니의 자료 모으기, 그리고 역사와 개인의 기억이 만나는 부분을 중심으로 살펴보면서 작품 속으로 더 깊게요."

나 혼자만의 생각에 머무르지 않고 참가자들의 다양한 느낌과 의견을 통해 작가가 창조한 작품 속 인물들과 작별하고 싶지 않았기 때문이다.

"경하가 꾸는 악몽은 그냥 꿈이 아니에요."
김 박사가 말했다.
"옛날의 아픔이 지금까지 와서 경하를 괴롭히는 거죠. 꿈에서 보이는 불타는 거리, 사람들 비명…… 이런 것들은 경하가 그 끔찍했던 도시 학살의 기억에서 벗어나지 못했다는 걸 보여줘요."

"신기한 건, 경하는 그걸 직접 겪지도 않았는데 이런 악몽을 꾼다는 거예요."
최 과장이 덧붙였다.

"경하의 악몽은 도시 학살이라는 큰 아픔이 한 사람에게 어떻게 전해질 수 있는지 보여주는 것 같아요. 특히 꿈속에서 경하가 느끼는 그 두려움과 숨 막히는 느낌은, 옛날의 끔찍한 일을 간접적으로나마 겪어보는 거라고 할 수 있죠."

"재미있는 건 악몽이 점점 몸으로도 나타난다는 거예요."
박 차장이 지적했다.
"잠도 못 자고, 깨어있을 때도 머리가 아프고, 밥도 못 먹고…… 이런 것들은 경하의 마음 고통이 몸까지 퍼져나갔다는 걸 보여주죠. 옛날의 상처가 마음에만 있는 게 아니라 온몸에 영향을 준다는 거예요."

"경하의 악몽이랑 몸의 아픔은 '몸이 기억하는 역사'를 보여주는 거예요."
김 박사가 설명했다.
"기억이 그냥 머릿속에만 있는 게 아니라 몸으로도 나타날 수 있어요. 경하는 악몽이랑 아픈 몸을 통해 옛날 일을 계속 떠올리고, 그 아픔을 지금도 느끼는 거죠. 마치 평생 지워지지 않는 상처 자국처럼요."

"하지만 한 사람의 기억이나 몸의 느낌은 주관적일 수밖에 없어요."
이 부장이 말했다.
"경하의 악몽이랑 몸의 아픔은 옛날 일에 대한 그 사람만의 해석이고, 진짜 사실과 다를 수 있죠. 이건 기억하고 기록하는 일의 한계를 보여주면서, 동시에 역사의 진실을 밝히려면 여러 사람의 다양한 시각이 필요하다는 걸 말해주는 것 같아요."

이렇게 대화가 이어지면서 참여자들은 소설 속 경하의 경험을 통해 역사적 기억이 어떻게 개인의 삶에 영향을 미치는지, 또 그것이 어떻게 몸으로까지 이어지는지를 살펴보았다. 이는 단순한 토론을 넘어 우리 각자가 역사와 맺고 있는 관계에 대해 다시 생각해보는 기회가 되었다.

"인선 씨는 다큐멘터리 감독으로서 카메라로 세상을 기록하고 진실을 찾아다녔어요."

최 과장이 말했다.

"베트남 전쟁이나 만주 독립운동 같은 여러 옛날 일들을 다큐멘터리로 만들면서, 잊힌 과거를 기억하려 했죠. 인선 씨한테 다큐멘터리는 그냥 영상 찍는 게 아니라, 옛날 일을 지금으로 가져와서 진실을 드러내는 도구였어요."

"그런데 인선 씨가 나중에 다큐멘터리의 한계를 느끼고 목수 일을 시작하게 되잖아요."

박 차장이 설명했다.

"카메라로 보면 객관적으로는 볼 수 있지만, 세상과 거리가 생기는 것 같았어요. 그래서 나무 일을 하면서 세상과 직접 부딪치고, 자기 몸으로 진실을 느끼려고 했던 거죠."

"목수 일은 단순한 직업이 아니었던 것 같아요."
김 박사가 말했다.
"인선 씨가 나무를 깎고 다듬으면서 옛날의 아픔도 마주하고, 자기 마음속 이야기도 표현했잖아요. 나무 일은 치유의 과정이면서 동시에 진실을 찾아가는 새로운 방법이었던 거죠."

이렇게 대화가 이어지면서 참여자들은 인선이 진실을 찾아가는 방식이 어떻게 변화했는지, 또 그 변화가 어떤 의미인지 함께 나누었다. 처음에는 카메라라는 도구로 세상을 기록하다가, 나중에는 자기 손으로 직접 나무를 만지고 느끼면서 더 깊은 진실에 다가가려 했던 인선의 여정이 우리에게 울림을 주었다.

"그녀의 어머니도 4·3의 진실을 찾으려고 평생을 바치셨잖아요."
박 차장이 말했다.
"어머니 방이 작은 박물관 같았다고 하죠. 오래된 신문들, 바랜 사진들, 편지들…… 이런 것들로 가득했어요. 어머니한테는 이런 자료 모으기가 그냥 취미가 아니라 인생의 목표였던 거예요."

"그녀의 어머니가 자료 모으시는 건 역사적 진실을 밝히려는 한 사람의 몸부림을 보여주는 것 같아요."

김 박사가 이야기했다.

"공식 기록들은 힘 있는 사람들 마음대로 바뀌거나 감춰질 수 있잖아요. 그래서 어머니는 혼자서라도 자료를 모으고 살펴보면서, 감춰진 진실들을 드러내려고 하신 거죠."

"어머니가 그렇게 평생 진실을 찾아다니신 건 그만큼 진실에 대한 집착이 있으셨던 거 같아요."

최 과장이 말했다.

"중간에 포기하고 싶을 때도 많았을 텐데, 끝까지 하셨잖아요. 마치 조각 맞추기를 하듯이, 이리저리 흩어진 진실들을 하나하나 모아서 전체 그림을 완성하려고 하신 거죠."

"어머니가 남기신 기록들이 나중에는 정말 소중한 보물이 될 거예요."

이 부장이 강조했다.

"인선 씨도 어머니가 모으신 자료들 보면서 4·3에 대해 알게 되고, 자기가 누구인지도 깨닫게 되잖아요. 어머니의 기록이 개인의 기억을 넘어서서, 역사의 진실을 다음 세대에게 전해주는 역할을 하게 될 거예요. 마치 어머니가 딸에게, 또 그 딸이 다음 세대에게 진실의 불빛을 넘겨주는 것처럼요."

대화가 깊어질수록 참여자들은 이 작품이 단순히 과거의 이야기를 하는 게 아니라는 걸 느꼈다. 이건 우리가 어떻게 과거를 기억하고, 그 기억을 통해 어떻게 현재를 살아가야 하는지에 대한 이야기였다. 특히 어머니, 인선, 경하…… 이 세 사람이 각자의 방식으로 진실을 찾아가는 모습은, 우리에게도 깊은 울림을 주었다.

"이 작품은 역사적 사실과 개인의 기억이 서로 어떻게 영향을 주고받는지 보여줘요."

최 과장이 말했다.

"4·3이라는 하나의 사건이 어머니의 기억 속에서는 이렇게, 인선의 다큐멘터리에서는 저렇게, 경하의 악몽에서는 또 다르게 나타나잖아요. 이건 역사가 딱 하나로 정해진 게 아니라, 사람마다 다르게 기억하고 해석할 수 있다는 걸 보여주는 것 같아요. 마치 프리즘을 통과한 빛이 여러 색깔로 나뉘는 것처럼요."

"역사적 사실은 객관적인 것 같지만, 개인이 기억할 때는 자기만의 감정이나 경험이 들어갈 수밖에 없어요."

박 차장이 설명했다.

"그래서 역사적 사실과 개인의 기억 사이에는 항상 어느 정도 거리가 있죠. 이 작품은 그 거리가 있다는 걸 인정하면서, 여러 관점에서 진실을 찾아야 한다고 우리 각자에게 말을 걸어와요. 하나의 진실만 있는 게 아니라, 여러 진실이 함께 있을 수 있다는 거죠."

토론이 끝나갈 무렵, 나는 마무리 발언을 했다.

"오늘 우리는 이 작품에서 기억하고 기록하는 여러 가지 방식을 함께 살펴봤어요. 이 작품은 옛날을 어떻게 기억하는지, 그리고 그 기억이 지금 우리와 어떻게 이어지는지 보여주면서, 기억하고 기록하는 게 옛날과 지금을 잇는 중요한 다리 역할을 한다는 걸 말해주고 있어요."

작품 속 인물들은 각자의 방식으로 과거의 아픔과 상처를 기억하고 기록하면서 진실을 찾아가고, 그 과정에서 살아갈 힘을 얻는다. 우리는 이들의 이야기를 통해, 기억이 단순히 지난 일을 떠올리는 게 아니라 현재를 살아가는 힘이 될 수 있다는 걸 배웠다.

토론이 끝나고 돌아가는 길, 참여자들은 각자 마음 한편에 깊은 저마다 깊은 화두를 안고 있었다. 역사와 기억, 그리고 우리가 어떻게 살아가야 할지에 대한 질문들이었다.

2
세 여자, 세 개의 역사

✖

"지난번에는 소설 속 경하와 인선, 인선 어머니가 어떻게 옛날 일을 기억하고 남기는지 봤잖아요. 오늘은 이 세 사람이 역사를 어떻게 다르게 생각하는지, 또 그 차이가 무슨 의미가 있는지 더 자세히 얘기해봐요."

오늘의 토론을 시작했다.

"세 사람이 각각 다른 세대를 대표하는데, 이 사람들의 눈으로 보면 작품이 우리한테 하고 싶은 말이 더 잘 보일 것 같아요."

"인선 어머니는 직접 역사를 겪으신 분이죠."

이 부장이 첫 마디를 꺼냈다.

"그냥 기억만 하신 게 아니라, 30년이 넘도록 자료를 모으고 기록을 남기면서 역사를 지키려고 하셨어요. 방 안 구석구석에 신문 스크랩이며, 피해자 명단, 관련 자료들이 가득했대요. 심지어 옷장 속 옷들 사이에도 자료를 숨겨두실 정도였죠. 마치 조각조각 흩어진 역사를 하나하나 모으시는 것 같았어요."

"어머니 세대에게 역사는 그냥 지나간 옛날얘기가 아니었을 거예요."

최 과장이 말했다.

"그분들한테는 지금도 매일매일 영향을 주는, 어떻게든 넘어서야 할 현실이었죠. 밤에 자다가도 갑자기 일어나서 창문을 확인하시고, 이불 밑에 꼭 톱을 넣어두고 주무시고…… 그래도 악몽은 피하지 못하셨어요. 그만큼 옛날의 아픔이 지금 삶에도 깊은 상처로 남아있었던 거죠."

"제가 제주도 어머니 댁에 갔을 때가 생각나네요."

박 차장이 말했다.

"부엌 선반에도, 장롱 속에도, 심지어 화장실 수납장에도 자료가 있었어요. 신문 스크랩도 연도별로 정리해놓으시고, 피해자 가족들이 보낸 편지도 하나하나 비닐에 싸서 보관하시고…… 말 그대로 집 전체가 4·3 자료관이었죠. 한번은 제가 '이제 그만 정리하시죠.' 했더니, 어머니가 '이게 내 숙제야. 내가 살아있는 동안 꼭 해야 할 일이야.'라고 하시더라고요."

"근데 인선의 어머니가 역사를 보시는 방식에도 나름의 한계가 있어요."

김 박사가 조심스럽게 말을 꺼냈다.

"예를 들어서, 어떤 사건을 이야기하실 때 너무 감정이 격해지셔서 다른 시각은 아예 보지도 못하실 때가 있어요. 물론 그 마음이 충분히 이해가 되지만, 그럴 때는 놓치는 부분들도 있었을 거예요. 어머니의 기록이 공식 역사에서 빠뜨린 진실을 알려주는 데는 정말 소중하지만, 그게 전부라고 하기는 어려울 수 있다는 거죠."

"인선은 또 다른 방식으로 역사를 봐요."

박 차장이 얘기를 이어갔다.

"다큐멘터리 감독으로 카메라 들고 다니면서 역사의 흔적을 찾아다녔죠. 베트남에서는 전쟁 때 피해 입은 할머니들을 만나고, 만주에서는 독립군 후손들 이야기도 들었어요. 한번은 베트남 시골 마을에서 80살 된 할머니를 만났는데, 할머니가 40년 전 일을 말씀하시다가 갑자기 울음을 터뜨리시더래요. 그때 인선이 처음으로 카메라가 방해된다고 느꼈어요. 카메라를 들고 있으니까 할머니를 안아드릴 수가 없었거든요."

"맞아요. 그러다가 나중엔 자기 이야기를 하게 됐잖아요."

최 부장이 말했다.

"처음엔 다른 사람 이야기만 찍었는데, 어느 순간 카메라를 자기한테 돌리게 된 거죠. 기억나세요? 4·3 다큐멘터리 마지막 장면에서 인선이 처음으로 자기 얼굴을 찍었잖아요. '나는 왜 이 일을 하고 있을까?' 하고 물었던 장면…… 그때부터 인선의 관점이 바뀌기 시작한 것 같아요."

"인선이 역사를 기록하는 방식도 시간이 지나면서 많이 달라졌어요."

김 박사가 설명했다.

"처음에는 최대한 객관적으로 보려고 했어요. 증거 자료 모으고, 증언 녹화하고…… 마치 형사처럼요. 근데 나중에는 달라졌죠. 사람들 이야기를 들으면서 같이 울기도 하고, 때로는 분노하기도 하고…… 자기감정을 숨기지 않았어요. 역사는 그냥 차갑게 기록하는 게 아니라, 함께 아파하고 함께 분노해야 하는 거라고 생각이 바뀐 거죠."

"하지만 인선이 역사를 보는 방식에도 부족한 점이 있었어요."

김 박사가 이어서 말했다.

"카메라는 보이는 것만 찍을 수 있잖아요. 사람들의 마음속 깊은 아픔이나, 말로 표현 못 하는 감정 같은 건 찍을 수가 없었죠. 그래서 나중에 목수 일을 시작한 것 같아요. 나무를 만지면서 뭔가 더 깊은 걸 느끼고 표현하고 싶었던 거죠."

"경하는 또 다른 세대잖아요."

이 부장이 말했다.

"4·3을 직접 겪지도 않았고, 어머니처럼 자료를 모으거나 인선처럼 다큐멘터리를 찍지도 않았어요. 대신 소설을 썼죠. 소설 쓰면서 자기만의 방식으로 그 시절을 상상하고 이해하려고 했어요. 한번은 제주도 바닷가에 앉아서 밤새 글을 쓰다가 새벽에 우는 갈매기 소리를 듣고 소스라치게 놀랐어요. 그 순간 마치 그때 그 시절에 와있는 것 같은 느낌이 들었다고……."

"제가 경하랑 비슷한 또래인데요."

수진이 조심스럽게 말을 꺼냈다.

"우리 세대는 역사작품에서나 배웠던 4·3을 경하는 소설로 다시 쓰면서 마치 자기 일처럼 받아들이더라고요. 밤에 악몽을 꾸고, 갑자기 온몸이 아프고…… 이런 게 단순히 소설 쓰느라 스트레스를 받아서가 아니었을 거예요. 뭔가 더 깊은 걸 느끼고 있었던 것 같아요."

"결국 세 사람이 역사를 대하는 방식이 다 달라요."

김 박사가 정리하듯 말했다.

"어머니는 모든 걸 직접 겪으시고 평생 자료를 모으셨고, 인선은 처음엔 카메라로 거리를 두고 보다가 나중엔 몸으로 직접 겪으려 했고, 경하는 상상력으로 그때를 이해하려고 했죠. 근데 이 세 가지 방식이 다 나름대로 의미가 있는 것 같아요."

"맞아요. 예를 들어 어머니가 모아두신 자료들……".

박 차장이 말했다.

"그냥 오래된 종이 뭉치 같아 보여도, 거기엔 진짜 그때 그 시절 사람들의 숨소리가 담겨있어요. 누가 언제 어디서 어떻게 됐는지, 그때 날씨는 어땠는지, 마지막으로 한 말이 뭐였는지…… 이런 걸 아는 건 직접 겪은 분들밖에 없잖아요."

"인선이 찍은 다큐멘터리도 특별해요."

최 과장이 이어받았다.

"예를 들어 그 유명한 장면 있잖아요. 제주도 할머니가 봄나물 캐면서 옛날 얘기하시다가 갑자기 노래 부르시는…… 그런 순간은 카메라가 있었기에 남길 수 있었죠. 말로 설명하기 힘든 그 시절의 분위기나 감정이 고스란히 전해져요."

"경하의 소설도 우리한테 특별한 걸 줘요."

수진이 말했다.

"우리처럼 나중에 태어난 사람들은 상상으로밖에 그때를 알 수 없잖아요. 근데 경하는 소설로 그 시절을 살아있게 만들어줘요. 마치 우리도 거기 있었던 것처럼요. 그래서 단순히 '옛날에 무슨 일이 있었대.'가 아니라 '이런 일이 있었구나.' 하고 가슴으로 느낄 수 있게 되는 거죠."

"그래서 이 작품이 우리한테 던지는 질문이 뭘까요?"

최 과장이 생각에 잠겼다가 말했다.

"우리는 역사를 어떻게 봐야 할까? 어떻게 기억하고 또 기록해야 할까? 어머니처럼 평생을 바쳐서 자료를 모아야 할까, 인선처럼 카메라를 들고 현장을 찾아다녀야 할까, 아니면 경하처럼 글로 써내야 할까……."

"어쩌면 정답은 없는 걸지도 모르죠."

김 박사가 마무리하듯 말했다.

"다만 이 세 사람이 보여준 것처럼, 우리도 각자의 방식으로 역사와 만나고, 기억하고, 또 이야기해나가면 되지 않을까요? 중요한 건 '작별하지 않는 것', 즉 잊지 않고 계속 기억하면서 그 의미를 찾아가는 거니까요."

창문 밖은 어두워졌지만, 우리의 마음속에는 세 여자의 이야기가 여전히 맴돌았다. 어쩌면 우리도 이제 그들처럼, 각자의 방식으로 역사를 기억하고 기록해나가게 될지도 모른다. 그게 바로 이 작품이 우리에게 남긴 숙제가 아닐까.

3

시간의 미로 속으로

✖

"지난번엔 작품 속에서 세 여자가 역사를 어떻게 다르게 보는지 얘기했잖아요. 오늘은 이 작품에서 시간이 어떻게 흘러가는지, 작가가 어떻게 이야기를 구성했는지 살펴볼까 해요. 이렇게 보면 이 작품이 말하고 싶은 역사적 진실이랑 기억의 의미를 더 잘 이해할 수 있을 것 같아요."

"이 작품에서 제일 재미있는 건 시간이 이리저리 섞여 있다는 거예요."

김 박사가 첫 마디를 꺼냈다.

"지금이랑 조금 전 일이랑 아주 오래된 일이 섞여 있잖아요. 마치 시간 여행을 하는 것처럼요. 한 장면에서 여러 시간대가 겹쳐 보이는 그림 같아요."

"시간이 이렇게 섞여 있는 게 단순히 '언제 무슨 일이 있었는지' 보여주는 게 아니에요."

최 과장이 덧붙였다.

"작품 속 사람들 마음이 어떻게 변하고 자라나는지 보여주는 거죠. 예전 일들이 지금 사람들 삶에 그림자를 드리우고, 그 사람들은 옛날 기억이랑 지금 겪는 일 사이에서 고민하면서 진실을 찾아가요."

"경하가 제주도로 가는 게 지금 시점에서 이야기의 중심이에요."

최 과장이 이야기를 이어갔다.

"폭설이 내리는 한겨울에 혼자 고립된 경험…… 이거 그냥 우연이 아닌 것 같아요. 마치 자기도 모르게 옛날 사람들이 겪은 아픔을 똑같이 겪는 것처럼요. 낯선 제주도에서 혼자 갇혀있으면서, 경하는 지금까지 잊고 있던 기억들과 마주치게 된 거죠."

"경하가 제주도에서 겪는 일들이 되게 의미심장해요."

박 차장이 말했다.

"기억나세요? 죽은 새를 묻으면서 우는 장면…… 그냥 새 한 마리 죽은 걸 슬퍼하는 게 아니라, 옛날에 죽어간 모든 사람들을 생각하면서 우는 것 같았어요. 한 사람의 눈물이 모든 사람의 아픔이랑 이어지는…… 그런 장면이었죠."

"그리고 인선이 다큐멘터리 찍는 건……."

이 부장이 말을 이었다.

"얼마 전에 있었던 일을 지금 우리한테 보여주는 거예요. 베트남도 가고 만주도 가고…… 이렇게 돌아다니면서 역사의 흔적을 찾는 인선을 보면, 우리가 옛날 일을 잊으면 안 된다는 걸 알려주려는 것 같아요."

"특히 재미있는 건 인선이 나중에 어머니 얘기로 돌아온다는 거예요."

김 박사가 말했다.

"다른 나라 가서 다른 사람들 이야기 찍다가, 결국 자기 어머니 이야기로 오는…… 이게 되게 의미 있죠. 한 사람의 작은 역사가 큰 역사의 줄기랑 어떻게 이어지는지 보여주니까요."

"인선의 카메라가 단순히 찍는 기계가 아니었던 것처럼요."

최 부장이 말했다.

"옛날의 진실을 파헤치고, 그걸 지금 사람들한테 전하는 다리 역할을 한 거죠. 나중에 인선이 목수가 된 것도, 뭔가를 보여주는 방식을 바꾼 거라고 볼 수 있어요."

"작품에서 제일 오래된 일이 4·3이잖아요."

김 박사가 설명했다.

"우리나라 현대사에서 제일 아픈 사건 중 하나인데, 작가가 이걸 소설에 녹여내면서 옛날의 아픔이 아직도 계속되고 있다는 걸 보여줘요. 4·3이 그냥 지나간 옛날얘기가 아니라, 지금 살아가는 사람들 마음속에서 여전히 살아 움직이는 '현재 진행형' 같은 거예요."

"4·3이 작품에서 여러 모습으로 나타나잖아요."
이 부장이 덧붙였다.
"어머니 기억 속의 4·3, 인선이 카메라에 담은 4·3, 경하가 꿈에서 보는 4·3…… 이런 식으로요. 역사작품에 나오는 딱딱한 사실이 아니라, 살아있는 사람들의 삶과 깊이 연결된 숨 쉬는 기억 같은 거예요."

"이렇게 시간이 이리저리 얽히면서 작품이 더 깊게 다가오는 거 같아요."
최 과장이 말했다.
"옛날과 지금이 서로 섞이면서, 역사가 그냥 지나간 얘기가 아니라 우리한테 계속 영향을 주는 '살아있는 것'으로 느껴져요. 이런 식으로 시간을 섞어놓으니까 읽는 사람들이 역사를 여러 각도에서 보게 되고, 스스로 그 의미를 찾아보게 되는 것 같아요."

"시간이 이렇게 섞이는 게 작품의 메시지를 더 강하게 만들어요."
박 차장이 말했다.

"옛날의 아픔이나 진실을 찾으려는 노력, 기억이 얼마나 중요한지…… 이런 얘기들이 시간이 흐르면서 점점 더 또렷해지죠. 마치 흑백사진이 현상액 속에서 천천히 모습을 드러내듯이요."

"이 작품은 시간을 되게 특별하게 다뤄요."
김 박사가 말했다.
"누구 눈으로 보는지도 계속 바뀌고, 이야기 전개 방식도 독특하죠. 마치 퍼즐 맞추는 것처럼, 작가가 이런저런 방법으로 시간을 조절하면서 읽는 사람들이 작품에 푹 빠지게 만들어요."

"이야기가 긴장감 있게 흘러가요."
최 과장이 설명했다.
"경하의 악몽도 나오고, 인선이 갑자기 사라지기도 하고, 어머니의 옛날 일도 나오고…… 이런 게 다 얽히면서 읽는 사람들이 궁금증을 느끼게 되죠. 특히 광산 파는 데서 나오는 진실은 정말 충격적이에요. 이런 구성 때문에 자꾸 다음 장면이 궁금해져서 계속 읽게 되는 거죠."

"시간을 이렇게 이리저리 왔다 갔다 하니까 더 재미있어요."
수진이 말했다.
"지금 얘기하다가 갑자기 옛날로 가고, 또 더 옛날로 가고…… 이러면서 작품 속 사람들의 마음도 더 잘 이해하게 되고, 그 사람들 감정에도 더 공감하게 되는 것 같아요."

"결국 이 작품은 시간을 이렇게 특별하게 다루면서 역사의 의미가
얼마나 무거운지, 기억이 얼마나 힘이 있는지 보여주는 거 같아요."
이 부장이 말했다.
"옛날 일이 그냥 지나간 게 아니라, 지금 우리한테도 계속 영향을
미치고 있다는 거죠. 작품 속 사람들이 옛날의 상처를 극복하고 진실을
밝히려고 애쓰는 것처럼…… 이건 옛날을 위해서가 아니라, 지금과 앞
으로를 위한 거라는 걸 말하고 싶었던 것 같아요."

그날 토론이 끝나고도 시간의 흐름과 역사의 무게에 대한 생각은
쉽게 사라지지 않았다. 작품 속 세 여자의 이야기가 우리 마음속에서도
메아리치면서, 역사와 기억의 언저리에 머물러 있었다.

4
진실을 향한 세 가지 길

✕

지금까지 우리는 책 속에서 시간이 어떻게 흘러가는지, 이야기가 어떻게 만들어지는지, 또 세 여자가 역사를 어떻게 다르게 보는지 얘기해봤어요. 이번에는 책 속 사람들이 진실이랑 만나는 방식이 어떻게 바뀌는지, 그 변화에 어떤 뜻이 있는지 알아볼까 해요. 특히 기록만 하다가 몸으로 직접 체험하게 되고, 구경만 하다가 직접 겪게 되고, 글로만 쓰다가 실제로 행동하게 되는…… 이런 변화들을 중심으로 얘기해보면 좋을 것 같아요.

"인선 씨를 보면요."
박 차장이 첫 얘기를 꺼냈다.
"처음에는 다큐멘터리 감독으로 카메라 들고 세상을 찍으러 다녔잖아요. 근데 나중엔 그것도 부족했는지 목수가 됐잖아요. 진실을 찾아가는 방식이 '찍는 거'에서 '직접 해보는 거'로 바뀐 거예요."

"맞아요. 카메라로 보면 좀 더 객관적으로 볼 수는 있지만, 뭔가 거
리감이 생기는 것 같아요."

김 박사가 거들었다.

"마치 유리창 너머로 세상을 보는 것처럼…… 그래서 인선 씨가
어느 순간 그 거리를 없애고 싶었던 것 같아요."

"목수 일이 단순히 나무만 다루는 게 아니었어요."

최 과장이 말했다.

"자기 몸으로 뭔가를 만들어내는 거잖아요. 인선 씨가 나무를 깎을
때마다 마치 자기가 그때 그 시절로 돌아간 것 같은 느낌이 들었어요. 특
히 손가락 다친 사고 있잖아요. 그냥 실수로 다친 게 아니라, 뭔가 더 깊
은 진실에 다가가려다 그렇게 된 것 같아요. 3분마다 바늘로 찔러야 하
는 아픔을 통해서 옛날 사람들의 고통을 자기도 느껴보고 싶었던 거죠."

"재미있는 건, 인선 씨가 목수 일을 하면서 말로는 못 하는 걸 표현
하려고 했다는 거예요."

이 부장이 말했다.

"말이나 영상으로는 못 담는, 몸으로 느끼고 경험하는 진실이 있
나 봐요. 인선 씨한테 목수 일은 그냥 직업이 아니라, 진실과 대화하는

또 다른 방법이었던 거죠."

"인선 씨가 달라진 건 직업만 바뀐 게 아닌 것 같아요."

김 박사가 이야기했다.

"처음에는 다른 사람들 아픔을 멀리서 지켜보기만 했는데, 나중에는 그 아픔을 자기 것처럼 느끼게 됐잖아요. 마치 남의 얘기가 내 얘기가 되는 것처럼요……."

"예를 들어보면."

최 과장이 말을 이었다.

"인선 씨가 베트남에서 전쟁 피해자들 인터뷰할 때는 카메라 뒤에 숨어있었잖아요. 근데 나중에 만주에서 독립군 할머니 만나고, 자기 어머니 이야기도 듣다 보니까, 이제는 그냥 지켜만 볼 수가 없었던 거죠. 그냥 알기만 하는 거랑 직접 겪어보는 건 완전히 다르잖아요."

"그러니까요. 멀리서 보면 뭐가 어떻게 돌아가는지는 잘 볼 수 있지만, 진짜 그 사람 마음은 이해하기 어렵죠."

박 차장이 말했다.

"반대로 직접 부딪혀보면 깊이 이해하고 공감은 할 수 있는데, 또 너무 감정적이 될 수도 있고…… 인선 씨가 처음엔 카메라 들고 관찰만 하다가 나중엔 직접 경험하는 쪽으로 바뀌면서, 뭔가를 더 깊이 이해하게 된 것 같아요. 물론 그만큼 마음고생도 심했겠지만요."

"마지막에 인선 씨가 자기 자신을 찍는 장면 있잖아요."
이 부장이 강조했다.

"그동안은 남의 이야기만 기록하다가 처음으로 자기 얘기를 시작
한 거예요. 구경꾼에서 주인공이 된 거죠. 동굴 이야기도 나오고…… 진
실이란 게 꼭 환하게 보이는 것만 있는 게 아니라, 어둠 속에 숨어있을
수도 있다는 걸 알게 된 것 같아요."

"경하는 또 다른 방식이었죠."
최 과장이 설명했다.

"도시에서 일어났던 학살 사건을 소설로 쓰면서, 옛날 일을 지금
으로 끌어와서 다시 들여다보려고 했잖아요. 근데 그냥 글로 쓰는 게 전
부가 아니었던 것 같아요. 직접 겪어보지 않으면 알 수 없는 게 있다는
걸 느꼈나 봐요."

"경하가 꾸는 악몽이나 몸이 아픈 것도 그냥 스트레스 때문만은
아니었을 거예요."
김 박사가 말했다.

"마치 소설 속 사람들이랑 하나가 되어서 그들의 아픔을 직접 느
껴보려고 한 것 같아요. 처음에는 글로 써보려고 했지만, 점점 그것만으

로는 부족하다는 걸 알게 된 거죠."

"제주도에 간 것도 그래서였을 거예요."
박 차장이 덧붙였다.
"그냥 자료 찾고 글 쓰는 것보다, 직접 그곳에 가서 4·3 흔적도 찾
아보고 유족들도 만나보고…… 이게 진짜 역사 현장에 뛰어드는 거잖아
요. 그냥 책상 앞에서 글만 쓰다가 진짜 행동으로 옮긴 거예요."

"경하가 그렇게 변한 건 우리한테도 뭔가 말해주는 것 같아요."
이 부장이 말했다.
"진실을 찾고 정의를 실현하는 데는 글만으로는 안 되고, 용기 내
서 실제로 행동해야 할 때가 있다는 거…… 경하가 제주도로 간 건 우리
한테 '너네는 뭐 하고 있니?'라고 묻는 것 같아요."

"보면 세 사람이 변해가는 과정에 비슷한 점이 있어요."
김 박사가 정리했다.
"다들 진실이랑 좀 더 가까워지려고 노력한다는 거…… 인선은 카
메라로 찍다가 나무를 만지게 되고, 지켜보기만 하다가 직접 경험하게
되고…… 경하는 글로 쓰다가 직접 행동하게 되고……."

"이런 변화를 보면서 든 생각이 있어요."

최 과장이 말했다.

"진실이란 게 그냥 머리로 아는 게 아니라, 몸으로 느끼고 경험해야 제대로 알 수 있는 거구나…… 인선이 목수가 되고 경하가 제주도까지 간 것도 다 그래서였을 거예요. 진실이랑 정말 가까워지고 싶어서, 하나가 되고 싶어서……."

우리 독서 모임이 끝나갈 무렵, 다들 책 속 인물들의 변화를 보면서 진실에 대해 새롭게 생각하게 됐다. 이 책은 진실을 찾아가는 게 단순히 공부하고 아는 게 아니라, 몸과 마음으로 세상을 직접 겪어보고, 끊임없이 앞으로 나아가는 과정이라는 걸 보여줬다.

"근데 참 신기해요."

수진이 마지막으로 말했다.

"우리도 이 책을 읽으면서 조금씩 변한 것 같아요. 처음엔 그냥 읽기만 했는데, 점점 더 깊이 생각하게 되고…… 이제는 우리도 뭔가 해야 할 것 같은 마음이 드는 거 있죠?"

다들 고개를 끄덕였다. 책 속 인물들처럼 진실을 향한 어떤 여정을 시작하게 된 것 같았다.

"생각해보면 우리 각자도 진실을 찾아가는 방식이 다 달라요."

박 차장이 말했다.

"어떤 사람은 책이나 자료를 찾아보고, 어떤 사람은 현장에 직접 가보고, 또 어떤 사람은 다른 사람 얘기를 듣고…… 근데 이 책을 보면서 든 생각이, 그 어떤 방법도 완벽하진 않다는 거예요."

"결국은 이런저런 방법을 다 써봐야 하나 봐요."
최 과장이 말했다.
"인선처럼 처음엔 멀리서 보다가 점점 가까이 가보기도 하고, 경하처럼 상상하다가 직접 부딪혀보기도 하고……."

"근데 그게 참 쉽지 않죠."
이 부장이 한숨을 쉬었다.
"진실이랑 가까워질수록 더 아프고, 더 힘들어지잖아요. 인선이 손가락 다친 것처럼…… 그래도 해야 하는 걸까요?"

"그래도 해야 할 것 같아요."
김 박사가 조용히 말했다.
"우리가 진실을 외면하면, 그건 또 다른 방식으로 우리를 더 아프게 할 테니까요. 어쩌면 이 책은 그걸 말하고 싶었던 걸지도 모르겠어요."

우리는 그날 밤늦게까지 이야기를 나눴다. 진실을 찾는 게 얼마나

어렵고, 또 얼마나 중요한지에 대해서. 책 속 인물들처럼 우리도 각자의
방식으로 진실을 찾아가는 여정을 시작해야 할 것 같았다.

5

작별하지 않는 마음

✳

"지금까지 여러 가지 얘기했잖아요. 시간이 어떻게 흐르는지, 인물들이 진실을 어떻게 찾아가는지…… 이제 마지막으로 책 제목인 '작별하지 않는다'가 뭘 뜻하는지 얘기해볼까요? 옛날이랑 어떻게 관계 맺고, 상처는 어떻게 치유되고, 화해는 어떻게 이뤄지는지…… 이런 것들을 좀 깊이 들여다보면 좋을 것 같아요."

"제목부터가 참 의미심장한 것 같아요."

김 박사가 첫마디를 꺼냈다.

"작별하지 않는다…… 근데 이게 단순히 옛날에 매달려 있자는 뜻은 아닌 것 같아요. 오히려 옛날을 제대로 기억하면서 지금을 더 의미 있게 살자는 거…… 옛날에 있었던 일이나 느낌, 그런 것들이 우리를 만든 거니까, 완전히 잊을 수는 없다는 거죠."

"책 속 사람들 보면 다 옛날에 영향을 받고 살잖아요."

최 과장이 말했다.

"어머니는 4·3 때문에 아직도 고통스러워하시고, 인선은 어머니 아픔 때문에 자기가 누구인지 혼란스러워하고, 경하는 옛날이야기 쓰다가 그 무게에 짓눌리고…… 이렇게 옛날은 지금 우리 삶에도 깊은 그림자를 드리우고 있어요."

"근데 '작별하지 않는다'는 말이 옛날에 갇혀 살자는 뜻은 아닌 것 같아요."

박 차장이 강조했다.

"오히려 옛날을 똑바로 보고, 그 아픔을 이겨내자는 거…… 보세요. 책 속 사람들이 옛날 일을 숨기거나 피하지 않잖아요. 어머니는 계속 증거 모으시고, 인선은 다큐멘터리 찍고, 경하는 소설 쓰고…… 각자 나름대로 옛날과 씨름하면서 앞으로 나아가려고 하죠."

"옛날과 관계 맺는 게 우리가 누군지 아는 것도 중요한 것 같아요."

이 부장이 말했다.

"우리가 살아온 일들, 겪었던 일들이 지금의 우리를 만든 거잖아요. 작품 속 사람들도 옛날과의 관계 속에서 자기를 찾아가고, 살아갈 힘도 얻고…… '작별하지 않는다'는 건 결국 우리 자신을 있는 그대로 받아들이는 거일 수도 있겠어요."

"옛날의 상처가 쉽게 낫진 않죠."

김 박사가 말했다.

"하지만 '작별하지 않는다'는 건 그 상처를 안고 살면서도, 치유와 화해의 길을 찾아가자는 뜻 같아요. 책 속 사람들이 옛날의 상처를 이겨 내고, 용서하고 화해하면서 새로운 삶을 시작하잖아요."

"예를 들어 인선의 어머니만 봐도."

최 과장이 말했다.

"4·3 때 남편이랑 가족을 잃은 그 아픔을 평생 안고 사셨잖아요. 근데 그냥 슬퍼만 하시지 않고, 끊임없이 기록하고 증언하면서 진실을 밝히려 하셨어요. 그게 어머니한테는 앞으로 나아가는 방법이었던 거죠."

"인선도 어머니의 아픔이랑 자기 정체성 사이에서 엄청 괴로워했잖아요."

박 차장이 이어 말했다.

"근데 결국 다큐멘터리도 찍고 목공 일도 하면서 옛날의 상처와 마주하고, 어머니와의 관계도 회복하고…… 그렇게 치유의 길을 찾아간 거예요."

"'작별하지 않는다'는 건 결국 기억하고 기록하는 일의 책임을 강조하는 것 같아요."

최 과장이 말했다.

"옛날 일을 잊어버리거나 왜곡하면 우리 개인이나 사회가 더 아프게 되잖아요. 이 책은 옛날의 진실을 밝히고 기억하는 게 왜 중요한지 보여주면서, 우리 모두한테 그럴 책임이 있다고 말하는 것 같아요."

"인선의 어머니는 4·3의 진실을 밝히는 데 평생을 바치셨죠."

박 차장이 말했다.

"그게 어머니한텐 그냥 취미가 아니라 사명이었던 거예요. 옛날을 기억하고 기록하는 게 역사의 정의를 세우고, 다음 세대한테 바른 역사를 물려주기 위한 중요한 일이라고 생각하신 거죠."

"인선이 다큐멘터리로 4·3만이 아니라 베트남 전쟁이나 만주의 독립운동까지 찍으러 다닌 것도 의미가 있어요."

이 부장이 말했다.

"한 지역, 한 사건의 아픔만이 아니라, 인간이라면 누구나 기억하고 지켜야 할 가치가 있다는 걸 보여주는 거죠."

"오늘 우리가 '작별하지 않는다'라는 말을 여러 각도에서 봤잖아요."

내가 마무리하듯 말했다.

"이 책은 옛날의 아픔을 이겨내고, 치유하고 화해하는 길을 보여줬어요. 또 옛날을 기억하고 기록하는 게 우리 모두의 책임이라고도 말하고 있고요."

"이 책을 읽으면서 계속 궁금했어요."
최 과장이 말했다.
"우리는 옛날이랑 어떻게 관계 맺고 있나? 옛날의 상처를 어떻게 치유하고 화해할 수 있을까? 우리도 기억해야 할 책임을 다하고 있나? 이런 질문들이오. 이 책 읽는 우리 모두가 이런 질문들을 계속 생각하면서, 옛날을 품고 앞으로 나아가는 길을 찾았으면 좋겠어요."

토론이 끝나고 나서도, '작별하지 않는다'라는 말은 우리 귓가에 계속 맴돌았다. 마치 누군가 우리한테 속삭이는 것 같았다.
"잊지 마…… 하지만 거기 머물러 있지는 마…… 기억하면서 앞으로 가……."

'이 책은 우리한테 옛날을 돌아보고, 치유하고, 화해하고, 또 앞으로 나아가는 법을 가르쳐준 것 같아요. 책 읽고 토론하면서, 우리도 모르게 조금씩 변하고 있었던 걸까요?'

"이런 얘기를 하다 보니까 이 책이 던지는 질문이 참 많은 것 같아요."
김 박사가 덧붙였다.

"우리는 옛날이랑 어떤 관계를 맺고 있지? 우리도 이런 상처들을 제대로 치유하고 있나? 우리가 해야 할 일은 뭘까?"

"저는 이 책 읽으면서 처음엔 좀 마음이 무거웠어요."
수진이 솔직하게 말했다.
"근데 읽다 보니까, 이게 단순히 슬픈 이야기가 아니라 희망의 이야기라는 걸 알게 됐어요. 아무리 힘들어도 앞으로 나아갈 수 있다는…… 그런 희망 말이에요."

"맞아요. 작별하지 않는다는 건 그냥 과거에 붙잡혀 있자는 게 아니라 과거를 제대로 기억하면서 더 나은 미래로 가자는 거잖아요. 어쩌면 우리가 해야 할 일도 그런 게 아닐까요?"
박 차장이 말했다.

우리는 그날 밤늦게까지 이야기를 나누었다. 각자 자기 삶에서 작별하지 못한 것들, 아직 해결하지 못한 것들, 앞으로 해야 할 것들…… 그런 얘기를 하다 보니 이 책이 우리 모두의 이야기라는 생각이 들었다.

밤이 깊어갈수록 대화는 더 깊어졌고, 우리는 각자 마음속에 작은 불빛 하나씩을 켜 들고 집으로 돌아갔다. 그 불빛으로 우리도 앞으로 나아갈 수 있을 것만 같았다.

7장

『흰』:

삶과 죽음의 경계에서 만난 빛,
'백색'의 의미 탐구

본격적인 시 창작 모임을 시작하기 전에, 한강 작가의『흰』에 대한 간략한 소개를 하겠습니다. 이 작품은 '흰색'을 매개로 삶과 죽음, 존재와 부재, 기억과 애도 등을 깊이 있게 탐구한 산문집입니다. 작가는 흰색과 관련된 사물과 현상들을 통해 자신의 내면과 가족사, 그리고 인간 존재의 본질에 대해 사색합니다.

작품의 주요 특징:

형식의 독특성: 시, 에세이, 단편소설 등의 형식을 넘나드는 구성으로, 한강 작가의 내면적 탐구를 자유롭게 표현하고 있습니다.

'흰색'의 상징성: 작품 전반에 걸쳐 등장하는 흰색은 순수함, 시작, 끝, 죽음, 상실, 희망 등 다양한 의미를 지니고 있습니다.

자전적 요소: 작가의 언니가 태어나자마자 사망한 가족사와 관련된 개인적 경험이 녹아 있어, 존재하지 않는 존재에 대한 애도와 기억이 담겨있습니다.

주요 내용 요약:

흰색 사물들의 묘사: 눈, 소금, 쌀, 백지, 흰옷 등 흰색과 관련된 사물들을 섬세하게 묘사하며, 그 안에 담긴 감정과 의미를 탐색합니다.

삶과 죽음의 경계: 흰색을 통해 삶과 죽음 사이의 경계를 사유하며, 존재하지 않았던 언니의 삶을 상상하고 추억합니다.

기억과 애도의 과정: 과거의 상실과 아픔을 흰색으로 표현하며, 이를 통해 현재의 자신과 세계를 재해석합니다.

『흰』은 색채를 매개로 인간의 내면과 존재의 의미를 탐구하는 독특한 작품입니다. 흰색은 단순한 색상이 아니라 모든 것을 담을 수 있는 캔버스이자, 동시에 아무것도 없는 공허함을 상징합니다. 이를 통해 독자들은 자신의 내면을 돌아보고, 삶과 죽음, 기억과 망각에 대한 깊은 성찰을 할 수 있습니다.

이제 이 작품에 대한 이해를 바탕으로, 시 창작 모임의 내용을 살펴보겠습니다

1
흰색의 다양한 이미지와 의미

✖

겨울의 마지막 토요일, "시를 품은 사람들" 모임이 열리는 갤러리 창밖으로 하얀 눈이 내리고 있었다. 이번 모임의 주제는 한강의 『흰』이었고, 우리는 각자가 느낀 '흰색'의 의미를 시로 표현해 오기로 했다. 갤러리의 하얀 벽과 눈 내리는 풍경은 마치 우리 모임을 위해 준비된 배경처럼 느껴졌다.

"오늘은 '흰색'이라는 주제로 시를 써왔습니다."

내가 먼저 입을 열었다. 갤러리의 차가운 조명 아래, 우리는 각자 준비한 시를 꺼내기 시작했다. 미술교사인 김선미는 아이들이 그린 하얀 도화지에 대한 시를, 의사인 이준호는 병원의 하얀 가운에 대한 시를, 대학에서 문예창작을 가르치는 박지현은 첫사랑의 하얀 교복에 대한 시를 준비해왔다.

"먼저 제가 쓴 시를 읽어보겠습니다."

나는 천천히 종이를 펼쳤다.

첫눈처럼
한 글자씩 내리는 밤
너의 부재가
하얗게 쌓인다

순간, 갤러리 안에 잠시 정적이 흘렀다. 창밖의 눈은 더욱 거세게
내리고 있었다.

"시인 선생님의 시에서는 흰색이 상실을 의미하네요."
신참인 대학생 수진이 조심스럽게 말했다.
"보통 흰색은 순수함이나 시작을 상징하는데, 여기서는 오히려 끝
이나 부재를 나타내는 것 같아요."

김선미가 고개를 끄덕이며 덧붙였다.
"저도 『흰』을 읽으면서 그런 생각을 했어요. 흰색이란 참 모순적이

죠. 모든 것을 품고 있으면서도 아무것도 없는 상태…… 한강 작가님이 그린 흰색의 이미지들도 그런 느낌이었어요."

"제 시를 들려드려도 될까요?"
이준호가 손을 들었다.

하얀 가운을 입고
나는 매일 죽음과 마주한다
형광등 아래
시간은 하얗게 멈춘다
누군가의 마지막 숨이
하얀 천장에 스며들 때
나는 다시
하얀 가운을 갈아입는다

"의사 선생님의 시에서는 흰색이 더 복잡한 의미를 띠는 것 같아요."
박지현이 말을 이었다.
"삶과 죽음이 공존하는 경계…… 그리고 그 경계에서 반복되는 일상…… 우리가 읽은 책에서도 이런 순간들이 계속 나오지 않았나요? 흰색이 단순히 순수함만을 상징하는 것이 아니라, 그 안에 얼마나 많은 것들이 담겨있는지를 보여주는 것 같아요."

밤이 깊어갔지만, 우리의 이야기는 계속되었다. 각자가 발견한 흰
색의 의미들이 하나둘 모여들었다. 신생아의 하얀 기저귀부터 수의의 흰
천까지, 일상에서 마주치는 수많은 흰색들이 새로운 의미로 다가왔다.

"처음에는 이해가 안 됐어요."
수진이 말했다.
"왜 하필 흰색일까…… 하지만 시를 쓰면서 조금씩 알게 된 것 같
아요. 흰색은 어쩌면 우리가 채워나가야 할 여백 같은 거라고나 할까
요?"

박지현이 자신의 시를 꺼내 들었다.

하얀 교복 주머니에
봄날을 넣어 두었다
시간이 흘러도
그 흰색만은
빛바래지 않는다

"이런 기억들이 있죠."

238

박지현이 말을 이었다.

"완벽하게 하얀 순간들…… 그것이 기쁨이든 슬픔이든, 우리 안에 선명하게 남는 순간들이 있어요. 그래서 저는 이 책을 읽으면서 계속 제 안의 흰색들을 떠올렸어요. 잊히지 않는 순간들 말이죠."

창밖의 눈은 어느새 그쳤다. 하지만 갤러리 주변은 하얗게 눈이 쌓여 있었다. 우리는 각자의 자리에서 침묵하며 그 풍경을 바라보았다. 마치 우리가 나눈 이야기들이 하얀 눈이 되어 내린 것처럼.

"이제 제 시를 읽어볼게요."
김선미가 마지막으로 시를 꺼냈다.

하얀 도화지 위에
아이들은 자신만의 색을 칠한다
때론 검게, 때론 붉게
하지만 언제나
흰색은 그 밑에서
모든 것을 품어 안는다

"아이들을 가르치다 보면 알게 돼요."
김선미가 말을 이었다.

"흰색이란 게 단순히 비어있음이 아니란 걸…… 그것은 모든 가능성이고, 모든 시작이에요. 우리가 읽은 이 책도 그렇지 않나요? 상실과 부재를 이야기하면서도, 동시에 새로운 의미의 탄생을 말하고 있는 것 같아요."

밤은 깊어갔고, 우리는 각자의 시와 함께, 각자가 발견한 흰색의 의미를 나누었다. 눈이 그친 하얀 거리를 걸으며 나는 생각했다. 우리가 오늘 나눈 이야기들이, 어쩌면 이 책이 우리에게 건네고 싶었던 진정한 의미였을지도 모른다.

다음 달 모임을 기약하며 헤어지는 길, 우리는 각자의 흰색을 안고 돌아갔다. 누군가는 순수한 시작으로서의 흰색을, 누군가는 상실의 흰색을, 또 누군가는 모든 것을 품는 포용의 흰색을…… 그리고 나는 알았다. 이 모든 흰색들이 모여 우리의 삶을 이루고 있다는 것을.

집에 돌아와 창가에 앉았다. 쌓인 눈이 달빛에 반짝였다. 나는 천천히 새로운 시를 써 내려가기 시작했다.

2

죽음 앞에서 느끼는 슬픔과 상실

✖

늦겨울의 마지막 토요일, "시를 품은 사람들"의 두 번째 모임이 시작되었다. 이번에는 『흰』에서 느낀 죽음과 상실, 그리고 애도의 순간들을 시로 표현해 오기로 했다. 갤러리의 공간은 여전히 하얗게 빛났지만, 오늘따라 그 벽들이 조금 더 무겁게 다가왔다. 마치 우리가 나눌 이야기를 미리 알고 있는 듯했다.

"먼저 제가 쓴 시를 읽어보겠습니다."

이준호 선생이 입을 열었다. 그는 병원 응급실에서 일하는 의사였다. 그의 시는 죽음을 가장 가까이에서 매일 마주하는 사람의 목소리였다.

응급실의 새벽
시계는 멈춘 듯 천천히 돈다
누군가의 마지막 숨소리가
복도를 채우고
보호자의 흐느낌이
하얀 커튼 너머로 스민다
나는 오늘도
죽음의 시간을 기록한다
0시 15분
심장이 멈춘 순간
시계는 다시 움직이기 시작한다

순간, 갤러리 안에 깊은 침묵이 흘렀다. 누구도 쉽게 말을 꺼내지 못했다. 죽음의 무게가 공간을 채우고 있었다.

"의사 선생님의 시에서는 시간이 두 가지로 흐르는 것 같아요."
박지현 교수가 조심스럽게 입을 열었다.
"일상의 시간과 죽음의 시간…… 그 두 시간이 교차하는 순간이, 우리가 읽은 책의 한 장면처럼 느껴져요."

김선미가 고개를 끄덕이며 덧붙였다.

"맞아요. 특히 마지막 부분에서, 죽음이 찾아온 순간에도 시계는 계속 돌아가잖아요. 그 무심한 일상의 흐름이 오히려 더 가슴 아프게 다가왔어요. 『흰』에서도 죽음이 오가는 동안, 삶은 여전히 이어지죠."

"제 시도 들려드릴게요."
내가 준비한 시를 천천히 펼쳤다.

장례식장에서
누군가의 일생이
하얀 국화로 피어난다
향불 연기 속으로
기억이 스며들 때
나는 문득 깨닫는다
우리 모두가
언젠가는 하얀 꽃이 된다는 것을

"시인 선생님의 시에서는 죽음이 끝이 아닌 것 같아요."
대학생 수진이가 말했다.
"마치 변화처럼…… 하나의 형태에서 다른 형태로 바뀌는 것처럼 느껴져요. 하얀 국화가 피어나는 것처럼, 우리도 언젠가는 다른 모습으로 남게 되는 거죠."

밤이 깊어갔지만, 우리의 이야기는 계속 이어졌다. 각자가 경험한 상실과 애도의 순간들이 시가 되어 흘러나왔다. 박지현은 돌아가신 어머니에 대한 시를 준비해왔다.

어머니의 마지막 숨결이

하얀 창가에 맺힐 때

창밖의 겨울나무는

여전히 꿋꿋이 서 있었다

시간은 그렇게

우리를 배신하고

앞으로 흘러갔다

하지만 어머니의 체온은

아직도 내 손바닥에 남아있다

"상실의 순간이 이렇게 선명할 수가 있나요?"

박지현의 목소리가 떨렸다.

"십 년이 지났는데도, 그날의 모든 순간이 마치 어제처럼 생생해요. 창가에 맺혔던 어머니의 숨결, 차가워지는 손의 온도, 창밖의 겨울나무까지……『흰』에서도 그런 순간들이 계속해서 묘사되죠. 떠난 이들이 남긴 흔적들, 그 잔여물들이 어떻게 우리에게 남아있는지…….

미술교사 김선미가 조용히 자신의 시를 꺼냈다.

제자의 부고를 받았다
열여덟의 봄날이
이렇게 쉽게 져버릴 줄은
몰랐다
교실 뒤편
너의 빈자리가
오늘따라 하얗게 빛난다

"작년 봄의 일이에요."
김선미의 목소리가 작아졌다.
"교통사고였어요. 그날 아침까지도 밝게 웃던 아이였는데…… 이
제 생각해보면 그 웃음이 마치 작별인사 같았어요. 그 빈자리는 아직도
교실 한편에 남아있는 듯해요. 하얀색은 그래서 저에게 늘 그런 의미로
다가오죠. 떠난 이들이 남긴 빈자리……."

우리는 각자의 자리에서 침묵했다. 상실은 이렇게 예고 없이 찾아
오고, 우리는 그것을 받아들일 준비가 되어있지 않다. 하지만 시간은 계
속 흘러가고, 우리는 그 흐름 속에서 애도를 배워간다.

"저도 한 편 읽어볼게요."
수진이 조심스럽게 종이를 펼쳤다.

할아버지의 장례식날
처음으로 백발이 된
아버지를 보았다
슬픔이
하룻밤 사이에
서리처럼 내린 것일까
우리는 모두
조금씩 하얗게 변해간다

"할아버지를 떠나보내면서 처음 깨달았어요."
수진이 말을 이었다.
"죽음이란 게 떠나는 사람만의 것이 아니라는 걸…… 남겨진 사람들도 그 순간 조금은 죽음을 경험하는 것 같아요. 아버지의 백발처럼, 우리도 조금씩 그런 변화들을 겪는 거죠."

밤은 더욱 깊어갔다. 우리는 계속해서 이야기를 나누었다. 죽음과 상실에 대해, 그리고 그것을 견디고 받아들이는 방법에 대해. 시는 어쩌면 그 견딤과 받아들임의 한 방식이었을지도 모른다.

246

"마지막으로 제 시를 들려드리겠습니다."

내가 다시 한번 종이를 펼쳤다.

애도는 천천히 온다

겨울이 가고

봄이 오듯이

우리는 조금씩

상실을 받아들인다

하얀 꽃잎이

땅에 내려앉듯

슬픔도 서서히

자리를 찾아간다

"그렇게 시간이 흐르고……."

내가 말을 이었다.

"우리는 천천히 애도하는 법을 배워갑니다. 완전한 치유는 없을지 모르지만, 그래도 우리는 계속해서 살아가야 하니까요. 죽음을 통해 우리가 배울 수 있는 것은, 어쩌면 그 상실을 어떻게 안고 살아갈지도 모르겠어요."

모임이 끝나고 갤러리 밖으로 나왔을 때, 겨울의 마지막 추위가 여전히 남아있었지만, 어딘가 봄의 기운이 느껴졌다. 우리는 각자의 상실과 애도를 안고 집으로 돌아갔다. 하지만 이제 그 무게가 조금은 달라진 것 같았다. 서로의 시와 이야기를 통해 나눈 작은 위로가, 어쩌면 우리에게 필요한 애도의 시작이었을지도 모른다.

집으로 돌아오는 길, 나는 문득 『흰』의 한 구절을 떠올렸다. 우리는 모두 언젠가는 떠나보내야 할 누군가가 있고, 또 언젠가는 누군가에게 떠나보내질 존재다. 그 숙명 앞에서 우리가 할 수 있는 것은, 아마도 서로의 이야기에 귀 기울이고, 함께 애도하는 것뿐일 것이다.

3
죽음을 통해 깨닫는 삶의 아름다움

✖

"시를 품은 사람들"의 세 번째 모임은 이른 봄비가 내리는 토요일에 열렸다. 『흰』을 읽고 죽음의 그림자 속에서 발견한 삶의 빛나는 순간들을 시로 써오기로 했다. 갤러리의 하얀 벽면에 봄비가 만드는 그림자가 드리워져, 마치 우리 모임의 주제를 상징하는 듯했다.

"오늘은 제가 먼저 시를 읽어볼게요."
의사인 이준호 선생이 입을 열었다.

신생아실의 아침
하얀빛이 쏟아지는 창가에서
갓 태어난 아기들이
하나둘 눈을 뜬다

죽음을 매일 마주하는 이곳에서도
새로운 생명은
부단히 피어난다
이것이 삶이다
끝없이 시작되는
하얀 여명처럼

"의사 선생님의 시에는 늘 삶과 죽음이 공존하네요."
문예창작과 교수인 박지현이 말했다.
"하지만 오늘은 특히 생명의 빛이 더 강하게 느껴집니다."

"그래요."
이준호가 고개를 끄덕였다.
"응급실에서 죽음을 마주할 때마다, 저는 종종 신생아실에 들르곤
합니다. 그곳에서 새로운 희망을 발견하죠."

미술교사 김선미가 자신의 시를 꺼냈다.

미술실 오후
물감 묻은 아이들의 손이
하얀 도화지 위에서 춤춘다

검은색, 빨간색, 파란색……
모든 색이 뒤섞여도
종이는 끝내
그들의 꿈을 품어낸다
죽음조차도
이 순수한 빛을
삼킬 수는 없으리

"아이들을 가르치다 보면 깨닫게 돼요."
김선미의 목소리가 따뜻했다.
"우리가 잃어버린 많은 것들을 그들은 아직 가지고 있다는 걸……
그래서 저는 매일 희망을 배웁니다."

대학생 수진이 조심스럽게 손을 들었다.

할머니의 장례식 다음 날
텃밭에 핀 민들레를 보았다
죽음도 멈출 수 없는
봄의 생명력
할머니는 가셨지만
꽃은 여전히 피어나고

바람은 불고
세상은 계속된다
이것이 위로일까
아니면 또 다른 이별의 시작일까

"수진 학생의 시에는 아픔과 희망이 공존하네요."
내가 말했다.
"그 모순된 감정이 오히려 더 진실해 보입니다. 삶이란 것이 그런
거니까요."

밤이 깊어갔지만, 우리의 이야기는 계속되었다. 박지현이 자신의
시를 읽었다.

어머니의 장독대에
달빛이 내리는 밤
발효되는 시간 속에
우리의 삶도
천천히 익어간다
슬픔도 기쁨도
모두 간장처럼 깊어지고
된장처럼 그윽해진다

어머니는 가셨지만
그 맛은 여전히
혀끝에 남아있다

"어머니를 떠나보내고 처음으로 장을 담가봤어요."
박지현의 목소리가 떨렸다.
"그제야 알았죠. 삶이란 것이 이렇게 대물림되는 것이라는 걸……
죽음이 끝이 아니라, 또 다른 시작이 될 수 있다는 걸……."

봄비는 계속 내리고 있었다. 갤러리 창밖으로 보이는 가로등 불빛
이 물방울에 반사되어 반짝였다. 나는 천천히 내 시를 꺼냈다.

봄비가 내리는 밤
유리창에 맺힌 물방울들이
작은 별이 된다
우리도 이렇게
서로의 빛이 되어
어둠을 건너는 걸까
죽음은 그저
긴 터널일 뿐
건너편에는 늘

누군가의 빛이 있다

"시인 선생님의 시에는 늘 희망이 있어요."
수진이 말했다.
"죽음조차도 완전한 어둠이 아닌 것처럼 느껴져요."

"그래요."
내가 대답했다.
"어쩌면 우리는 죽음을 통해 역설적으로 삶을 더 선명하게 보게
되는지도 모릅니다. 마치 어둠이 있어야 빛이 더 빛나는 것처럼……."

밤은 더욱 깊어갔다. 우리는 계속해서 이야기를 나누었다. 죽음이
라는 어둠 속에서 발견한 삶의 반짝임들에 대해, 상실 속에서 만난 새로
운 시자들에 대해.

"사실 저는 얼마 전에 암 진단을 받았어요."
갑자기 이준호가 입을 열었다. 모두가 숨을 멈췄다.
"하지만 이상하게도 두렵지 않아요. 오히려 매 순간이 더 소중하
게 느껴져요. 그래서 이런 시를 써봤습니다."

병실의 창문으로

봄빛이 스며들 때
나는 깨닫는다
모든 순간이
선물이란 것을
죽음이 가까이 있어
더욱 선명한
삶의 빛깔들

우리는 모두 말을 잃었다. 그 침묵은 절망의 침묵이 아닌, 깊은 이해와 공감의 침묵이었다.

"다음 달에도 꼭 오셔야 해요."
수진이 작은 목소리로 말했다.
"물론이죠."
이준호가 미소를 지었다.
"우리에겐 아직 나눌 이야기가 많이 남아있잖아요."

봄비는 여전히 내리고 있었다. 우리는 각자의 자리에서, 죽음이라는 어둠 속에서도 반짝이는 삶의 순간들을 생각했다. 어쩌면 그것이 진정한 희망이 아닐까. 완전한 어둠도, 완전한 빛도 없는 이 세상에서, 우리는 서로의 빛이 되어 함께 걸어가는 것. 밤늦게 집으로 돌아오는 길,

나는 문득 하늘을 올려다보았다. 봄비 사이로 희미한 별빛이 반짝였다. 마치 우리가 나눈 이야기들처럼, 작지만 선명한 빛으로.

4
나의 백색 이야기

✖

"시를 품은 사람들"의 네 번째 모임은 봄의 한가운데에서 열렸다. 갤러리 앞마당에 목련이 하얗게 피어있었다. 오늘은 각자의 삶에서 마주한 '흰색'의 순간들을 시로 써오기로 했다.

나는 먼저 내 이야기를 시작했다.

"신춘문예를 준비하면서, 제가 처음 쓴 시가 '첫눈'이라는 제목이 었습니다."

첫눈 내리던 새벽
시를 써 내려가다
문득 창밖을 보니

세상이 하얗게 변해있었다
그때 알았다
언어도 이렇게
조용히 쌓이는 것임을
한 글자 한 글자
하얀 눈처럼

"시인 선생님의 시작 과정이 궁금했는데……."
김선미가 말했다.
"그 순간의 흰색이 선생님께는 특별한 의미였겠네요."

"네, 그때부터였을까요? 저에게 흰색은 언제나 새로운 시작을 의
미했습니다. 백지 위에 첫 글자를 쓰는 순간처럼……."

의사인 이준호가 자신의 시를 꺼냈다.

1986년 겨울
첫 수술을 앞두고
떨리는 손으로
하얀 가운을 입었다
그날부터 시작된

나의 두 번째 삶

지금도 가끔

그때의 설렘이 떠오른다

새하얀 수술복 앞에서

여전히 떨리는 마음으로

"저에게 흰색은 책임을 의미해요."

이준호가 말을 이었다.

"환자의 생명을 다루는 무거운 책임…… 하지만 동시에 그것은 제가 선택한 삶의 빛깔이기도 합니다."

미술교사 김선미의 순서가 되었다.

교무실 창가에 앉아

하얀 분필 가루를 털며

문득 생각한다

스무 해 전 이맘때

첫 수업을 하던 날

떨리는 손으로 쓴

하얀 글씨들

지금도 가슴 한켠에

분필 가루처럼 남아있다

"선생님의 시에는 시간이 겹쳐 보여요."
대학생 수진이 말했다.
"과거의 흰색과 현재의 흰색이……"

"그래요."
김선미가 미소지었다.
"교단에 선 지 어느새 이십 년…… 하지만 분필을 잡을 때마다 여전히 첫날의 설렘이 떠올라요."

문예창작과 교수인 박지현이 자신의 시를 읽었다.

어머니의 옷장을 정리하다
낡은 한복 저고리를 발견했다
시집올 때 입었다는
하얀 비단옷
주름진 비단처럼
세월도 접혀있다
꺼내 입어보니
어머니의 젊은 숨결이

아직도 물씬하다

"박 교수님의 시에는 기억이 선명하게 담겨있어요."
내가 말했다.
"흰색을 통해 시간을 거슬러 올라가는 것 같습니다."

밤이 깊어갔지만, 우리의 이야기는 계속되었다. 수진이 조심스럽게 자신의 시를 꺼냈다.

할머니의 장독대에서
어린 시절을 보냈다
메주 뒤집는 날이면
하얀 고무장갑을 끼고
할머니를 따라다녔다
그때는 몰랐다
그 시간이
내 안의
가장 하얀 기억이
될 줄은

"어린 시절의 기억이 이렇게 선명할 수 있나요?"

수진이 물었다.

"할머니의 장독대, 메주 냄새, 고무장갑의 감촉까지…… 마치 어제의 일처럼 생생해요."

"그런 기억들이 우리를 만드는 거죠."
내가 대답했다.
"특별할 것 없는 일상의 순간들이 시간이 지나면서 보석처럼 빛나게 되는……."

봄밤의 공기가 차가워지기 시작했다. 하지만 우리는 계속해서 각자의 하얀 기억들을 나누었다.

"저는 이번에 조금 다른 시를 써봤어요."
이준호가 다시 한번 종이를 펼쳤다.

항암치료실의 하얀 침대에 누워
창밖의 구름을 바라본다
스무 살의 나는 몰랐다
하얀 가운이
언젠가는
이런 의미가 될 줄은

이제는 안다
흰색은 늘
양면을 가진다는 것을

침묵이 흘렀다. 하지만 그 침묵 속에는 깊은 이해와 공감이 담겨
있었다.

"우리 모두에게는 각자의 흰색이 있네요."
박지현이 말했다.
"기쁨의 흰색도, 슬픔의 흰색도, 시작의 흰색도, 이별의 흰색
도……."

밤은 더욱 깊어갔다. 갤러리 앞의 목련 꽃잎이 하나둘 떨어지고
있었다. 우리는 각자의 자리에서, 자신만의 하얀 순간들을 떠올렸다.

나는 마지막으로 한 편의 시를 더 읽었다.

우리는 모두
하얀 순간들을 지나
여기에 왔다
첫울음의 하얀 새벽부터

마지막 숨의 하얀 황혼까지

삶이란 결국

이 수많은 흰색들의

더하기와 빼기

때로는 반짝이는 첫눈으로

때로는 깊은 상처의 흉터로

그렇게 우리는

각자의 흰색을 안고 산다

"다음 달에는 어떤 이야기를 나눌까요?"

수진이 물었다.

"그건 그때 가서 생각해보죠."

내가 답했다.

"우리의 이야기는 아직 끝나지 않았으니까요."

밤늦게 집으로 돌아오는 길, 나는 문득 하늘을 올려다보았다. 달빛이 하얗게 비추고 있었다. 마치 우리가 나눈 이야기들처럼 은은하게, 하지만 선명하게.

집에 돌아와 책상에 앉았다. 새하얀 원고지를 꺼내며 생각했다.

우리는 모두 각자의 흰색을 가지고 있다. 그리고 그 흰색들이 모여 우리의 삶을 이룬다. 마치 수많은 눈송이가 모여 하나의 겨울을 만드는 것처럼.

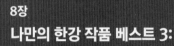

8장
나만의 한강 작품 베스트 3:

선정 이유와 감상,
다른 독자들과의 공유

1
나의 베스트 작품들

✕

초여름의 토요일 오후, '한강과 함께 걸어가는 삶의 여정'이라는 주제로 처음 열린 두 독서 모임의 교류회. 오래된 양옥을 개조한 카페의 널찍한 공간에 열일곱 명의 독자들이 모였다. 나무 테이블 위에는 각자가 가져온 한강의 작품들이 놓여있었다.

"안녕하세요, 오늘 사회를 맡은 이세훈 시인입니다."
내가 먼저 입을 열었다.
"먼저 제가 선정한 베스트 3 작품을 소개하면서 이야기를 시작해볼까 합니다."

나는 천천히 책 세 권을 들어 올렸다.
『채식주의자』『소년이 온다』『흰』

"시인으로서 이 세 작품을 선택한 이유는, 각각의 작품이 가진 언어의 깊이 때문입니다. 특히 『채식주의자』는 영혜의 내면을 그려내는 시적 언어가 압도적이었죠."

직장인 독서 모임의 이준호 선생이 고개를 끄덕였다.
"저도 『채식주의자』를 첫 번째로 꼽았습니다. 하지만 제 이유는 조금 달랐어요. 의사로서 인간의 육체와 정신이 어떻게 연결되어 있는지, 그 신비로운 관계를 가장 잘 보여주는 작품이라고 생각했거든요."

"흥미로운 관점이네요."
시인 모임의 박지현 교수가 말했다.
"같은 작품도 각자의 위치에서 이렇게 다르게 읽히는군요."

"제 두 번째 선택은 『소년이 온다』입니다."

내가 다시 말을 이었다.

"시인으로서, 이 작품이 역사적 사실을 어떻게 문학적으로 승화시키는지에 주목했습니다. 특히 동호의 목소리를 통해 전달되는 5월의 기억들…… 그것은 단순한 증언이 아닌 시적 진실이었죠."

직장인 모임의 최 부장이 손을 들었다.

"저는『소년이 온다』를 읽고 며칠 동안 잠을 이루지 못했습니다. 딸아이가 동호와 비슷한 나이라서 그랬을까요…… 역사적 사실을 이렇게 생생하게, 그리고 아프게 전달한 작품은 처음이었어요."

"마지막으로『흰』을 선택한 이유는……."

잠시 말을 고르며 생각했다.

"이 작품에서 '백색'이라는 색채가 어떻게 하나의 언어가 되는지, 그 과정이 놀라웠습니다. 시인으로서 한 가지 이미지를 이토록 깊이 있게 탐구한다는 것…… 그것은 저에게 큰 배움이었죠."

"저는『흰』을 통해 상실의 의미를 새롭게 발견했어요."

시인 모임의 김선미가 말했다.

"미술을 가르치면서 늘 색에 대해 생각하지만, 흰색이 이토록 깊은 의미를 가질 수 있다는 것은 몰랐네요."

대화는 계속 이어졌다. 법무법인의 이 부장은『소년이 온다』『채식주의자』『희랍어 시간』을 자신의 베스트 3으로 꼽았다.

『희랍어 시간』은 흥미로운 선택이네요."
내가 말했다.

"네, 언어를 배운다는 것, 그것이 단순히 의사소통의 도구를 넘어 하나의 세계를 이해하는 과정이 된다는 점이 인상적이었어요. 법조인으로서 언어의 중요성을 늘 생각하게 되는데, 이 작품은 그런 면에서 특별했습니다."

카페 안에는 오후의 햇살이 따뜻하게 들어왔다. 테이블 위의 커피잔들이 하나둘 비워져 갔다. 우리는 계속해서 각자의 선택과 그 이유에 대해 이야기를 나누었다.

"저는 조금 다른 선택을 했습니다."

의사인 이준호가 다시 입을 열었다.

"『채식주의자』, 『소년이 온다』, 그리고 『검은 사슴』이에요. 특히 『검은 사슴』은 인간의 내면에 존재하는 어둠을 탐구하는 방식이 인상적이었습니다."

『검은 사슴』이라…… 시인 모임의 박 교수가 생각에 잠겼다.

"저도 그 작품의 시적 언어에 매료된 적이 있어요. 특히 '검은'이라는 색채가 주는 암시와 상징……."

대화는 자연스럽게 한강의 초기 작품들로 이어졌다. 젊은 직장인들은 주로 최근 작품을 선호했지만, 문학을 전공한 이들은 초기 작품들의 실험성과 신선함을 높이 평가했다.

"결국 우리 모두가 『채식주의자』와 『소년이 온다』를 공통적으로 꼽았네요."
내가 말했다.
"하지만 그 이유는 모두 달랐다는 게 흥미롭습니다."

"그게 바로 문학의 힘이 아닐까요?"
박 교수가 말했다.
"같은 작품도 읽는 이의 삶과 만나면서 전혀 다른 의미를 만들어 내는……."

오후의 시간이 깊어갔다. 우리는 계속해서 이야기를 나누었다. 각자의 선택에 담긴 개인적인 이유들, 직업적 관점에서 발견한 특별한 의미들, 그리고 삶의 경험과 맞닿은 깨달음들에 대해.

"다음에는 각자가 선택한 작품 속 명장면들을 나누는 시간을 가져 보면 어떨까요?"

내가 제안했다.

"오늘처럼 시인의 눈과 독자의 눈이 만나는 자리…… 그것이 작품을 더 풍성하게 이해하는 길이 될 것 같네요."

모두가 고개를 끄덕였다. 카페 밖으로 초여름의 저녁이 깊어가고 있었다. 우리는 각자의 베스트 3 작품을 안고, 서로 다른 이해와 해석을 나누며, 한강의 문학 세계를 조금 더 깊이 들여다볼 수 있었다.

2
작품이 나에게 준 감동과 깨달음

✖

"이제 각자가 선택한 작품들이 개인적으로 어떤 의미였는지 이야
기를 나누어볼까요?"

초여름 오후의 교류회 두 번째 시간이 시작되었다. 창밖으로는 늦
은 비가 내리기 시작했다. 각자의 베스트 3 작품에 대한 감상을 공유하
며, 한강의 문학이 각자에게 어떤 감동과 깨달음을 주었는지 이야기를
나눠보기로 했다.

나는 먼저 『채식주의자』에 대한 이야기를 시작했다.

"시인으로서 이 작품은 큰 충격이었습니다. '나는 꿈을 꾸었다.'라
는 첫 문장부터…… 영혜의 내면 풍경을 그려내는 언어의 정확성이 놀

라웠죠. 이 작품은 한 사람의 변화가 얼마나 강렬하고도 불가피한 것인지 보여주면서, 동시에 우리 모두가 가진 내면의 고독과 갈등을 건드렸습니다."

"그 꿈 장면……."
직장인 모임의 이 부장이 말을 이었다.
"처음 읽었을 때는 이해하기 어려웠어요. 하지만 지금 생각해보면, 그 꿈이 우리 모두의 무의식 속에 잠재된 어떤 폭력성을 보여주는 것 같아요. 그 폭력성이 일상 속에 얼마나 깊이 뿌리내려 있는지, 한강은 그저 평범한 가정의 이야기를 통해 잔인하게 드러냈죠."

시인 모임의 박 교수가 고개를 끄덕였다.
"맞아요. 특히 그 폭력성이 일상적 삶의 형태로 포장되어 있다는 점…… 그것이 이 작품의 가장 큰 충격이었죠. 누구나 가질 수 있는 욕망, 누구나 억누르고 있는 충동들이 영혜의 몸을 통해 적나라하게 표출되었으니까요."

"의사의 관점에서 보면."
이준호 선생이 입을 열었다.
"영혜의 거식증은 단순한 병리 현상이 아니었어요. 그것은 세상의 폭력성에 대한 육체의 저항이었달까…… 그녀의 몸이 선택한 극단적 해방의 방식이죠. 영혜는 육체를 통해 자신의 정체성을 찾고자 했고, 그 과정에서 그녀의 몸은 무기이자 방어막이 되었어요."

비가 창문을 두드리는 소리가 들렸다. 우리는 잠시 그 소리에 귀를 기울였다.

『소년이 온다』는 저에게 가장 큰 아픔을 준 작품이었습니다."
내가 다시 말을 이었다.
"동호의 목소리를 시적 언어로 되살려낸다는 것…… 그것은 단순한 창작이 아닌 역사적 책임이라고 느꼈습니다. 동호와 그의 친구들, 그들이 남긴 흔적을 이렇게 문학으로 기록하는 일이 얼마나 중요한지를 깨달았죠."

"저는 이 책을 읽고 며칠간 악몽을 꿨어요."
김선미 선생이 말했다.
"미술을 가르치면서 만나는 아이들이 자꾸 동호와 겹쳐 보였거든요. 평화로운 일상이 어떻게 하루아침에 무너질 수 있는지…… 그 공포가 생생하게 전달되더라고요. 이 작품은 단순히 과거를 이야기하는 게 아니라, 우리에게 여전히 남아있는 문제를 직면하게 합니다."

"제가 보기엔……."

직장인 모임의 박 부장이 조심스럽게 말했다.

"이 작품이 가진 증언의 힘이 놀라웠어요. 문학이 역사적 진실을 어떻게 전달할 수 있는지, 그 가능성을 보여준 거죠. 한강은 개인의 목소리로 역사의 비극을 증언하면서, 우리에게 기억의 중요성을 일깨워줍니다."

우리는 각자의 자리에서 잠시 침묵했다. 창밖의 비는 더욱 거세졌다.

"『흰』은 조금 다른 의미였습니다."

내가 말을 이었다.

"상실을 이토록 아름답게 승화할 수 있다는 것…… 그것이 저에게는 큰 위로가 되었어요. 시인으로서 언어의 새로운 가능성을 발견한 것 같았죠. 한강은 흰색이라는 단순한 색채를 통해 삶과 죽음, 그리고 그 사이에 있는 모든 것들을 깊이 있게 탐구했습니다."

"저도 그랬어요."

시인 모임의 김선미가 말했다.

"특히 일상적인 흰색들을 하나하나 호명해가는 방식이…… 마치 사라진 것들을 다시 불러내는 제의 같았달까요. 그 흰색들은 우리 삶의 여백이면서도 동시에 상처를 덮는 천 같았어요."

276

"저는 의사로서 이런 생각을 했어요."

이준호 선생이 말했다.

"죽음을 매일 마주하는 직업이다 보니, 흰색이 가진 이중성에 공감했거든요. 생명의 시작을 알리는 흰 가운과, 죽음을 알리는 흰 시트…… 그 모순된 의미들이 이 작품에서는 하나로 이어지더라고요. 흰색은 단순한 깨끗함이나 순수를 넘어, 삶과 죽음 모두를 품고 있는 색이었어요."

비가 그치고 늦은 햇살이 비친 창가에서, 우리는 계속해서 이야기를 나누었다.

"『검은 사슴』은 제게 특별했어요."

직장인 모임의 최 차장이 말했다.

"일상 속에 숨어있는 광기…… 그것을 이토록 시적으로 포착할 수 있다는 게 놀라웠습니다. 작품 속 검은 사슴은 우리의 두려움과 내면의 어두움을 상징하는 것 같았어요."

"그 작품의 언어는 정말 독특하죠."

박 교수가 거들었다.

"현실과 비현실의 경계를 자유롭게 넘나드는…… 한강의 초기작이 가진 실험성이 가장 잘 드러난 작품이라고 봅니다."

오후가 저물어갔지만, 우리의 대화는 계속되었다. 『희랍어 시간』에 대해 이야기할 때는, 언어가 가진 세계 인식의 가능성에 대해 깊이 있는 토론이 이어졌다.

"결국 한강의 작품들은……."
내가 말했다.
"각자에게 다른 모습으로 다가오면서도, 어떤 보편적인 진실을 전달하는 것 같아요. 그것이 위대한 문학의 힘이 아닐까요?"

"맞아요."
박 교수가 고개를 끄덕였다.
"개인의 구체적 체험이 보편적 진실로 승화되는 순간…… 그것이 바로 문학의 마법이죠."

저녁이 깊어가는 카페에서, 우리는 각자가 발견한 감동과 깨달음을 나누었다. 직업도, 나이도, 관점도 달랐지만, 우리는 모두 한강의 작품을 통해 각자의 방식으로 성장하고 있었다.

"다음 모임에서는……."
내가 제안했다.
"각자가 가장 마음에 남는 구절들을 가져와서 낭독하는 시간을 가져보면 어떨까요?"

　모두가 동의했다. 우리는 서서히 자리에서 일어났다. 카페 밖으로
나가는 길, 비가 그친 하늘은 맑게 개어 있었다. 마치 우리의 마음처럼,
무언가가 씻겨 나간 것 같은 청명함이 느껴졌다.

3
감명 깊었던 구절과 장면 공유

✖

교류회의 네 번째 시간, 해가 저문 카페에서 우리는 각자가 기억하는 명장면들을 낭독하기로 했다. 각자가 그 장면들을 자신의 언어로 재해석하여 이야기하기로 했다.

"저는 『채식주의자』에서 영혜가 처음 꿈을 이야기하는 장면이 가장 인상적이었습니다."

내가 먼저 입을 열었다.

"그 꿈에 대한 묘사…… 시인으로서 그 장면의 시적 긴장감과 이미지의 선명함에 전율을 느꼈습니다."

"저도 그 장면이 잊히지 않아요."

정신과 의사인 이준호 선생이 말했다.

"특히 꿈과 현실이 교차되는 방식…… 환자들과 상담할 때 자주 마주하는 무의식의 형태와 너무나 닮아있었거든요."

미술교사인 김선미가 손을 들었다.

"저는 영혜가 자신의 몸에 꽃을 그리는 장면이 가장 기억에 남아요. 예술 치료를 하는 친구에게서 비슷한 이야기를 들은 적이 있어서…… 그림이 내면의 상처를 어떻게 표현하는지 보여주는 결정적인 장면이었다고 생각해요."

"『소년이 온다』에서는……."
중학교 역사교사인 강 선생이 깊은숨을 들이쉬었다.

"도청에서 마지막 방송을 하는 장면이 가장 마음에 남습니다. 그 장면을 읽을 때마다 목이 메어서…… 아이들에게 5·18을 가르칠 때도 그 장면을 떠올리게 돼요."

"저는 수습반장이 시신들을 확인하는 장면이오."
병원 간호사인 김 주임이 말했다.

"응급실에서 일하다 보면 비슷한 상황을 마주할 때가 있어서…… 그 장면의 무게감이 더 실감 나게 다가왔어요."

우리는 잠시 침묵했다. 카페의 조명이 어스름하게 비추는 가운데,

각자의 기억 속 장면들이 선명하게 떠올랐다.

『흰』에서는 정말 많은 장면들이 마음에 남았습니다.”

사진작가인 최 실장이 말을 이었다.

“특히 '소금'이라는 장면에서 소금의 하얀 결정들을 묘사하는 부분…… 그 섬세한 관찰력이 사진을 찍을 때의 순간과 겹쳐 보였어요. 빛이 부서지듯 반짝이는 결정체들을 포착하는 그 시선이, 제가 카메라 뷰파인더로 세상을 바라볼 때의 순간과 닮아있었거든요.”

“저는 바다를 바라보는 장면이 가장 인상적이었어요.”

시인 모임의 박 교수가 말했다.

“하얀 파도가 밀려오는 모습을 묘사하는 부분…… 그 장면에서 상실과 치유가 동시에 느껴졌달까요.”

대화는 계속 이어졌다. 법무법인의 이 부장은 『채식주의자』에서 남편이 아내의 변화를 받아들이지 못하는 장면을 이야기했다. 그는 그 장면이 우리 사회의 가부장적 폭력성을 상징적으로 보여준다고 말했다.

『검은 사슴』의 한 장면도 잊을 수 없어요.”

정신과 의사 이준호가 다시 입을 열었다.

“주인공이 처음으로 환각을 경험하는 순간…… 그 묘사가 실제 환자들의 증언과 너무나 닮아있어서 놀랐습니다."

밤이 깊어갔지만, 우리는 계속해서 기억에 남는 장면들을 나누었다. 각자의 직업과 경험이 만들어낸 특별한 시선들이 작품의 새로운 면모를 드러냈다.

"『희랍어 시간』에서 언어를 배우는 과정을 묘사하는 장면도 인상적이었어요."

영어 강사인 최 선생이 말했다.

"새로운 언어를 배운다는 것이 단순히 의사소통의 수단을 늘리는 게 아니라, 세계를 보는 새로운 창을 얻는 것이라는 걸 보여주니까요."

"저는 『소년이 온다』의 마지막 장면이 잊히지 않아요."

다큐멘터리 감독인 박 실장이 말했다.

"그 장면을 영상으로 어떻게 담아낼 수 있을까…… 계속 고민하게 되더라고요."

우리는 각자의 기억 속에서 가장 선명하게 남아있는 장면들을 꺼내놓았다. 그것은 마치 하나의 만화경처럼, 돌릴 때마다 다른 모습을 보여주는 듯했다.

"명장면이라는 게 참 주관적인 것 같아요."

내가 말했다.

"같은 장면도 각자의 삶의 맥락에서 전혀 다르게 다가오니까요."

"그래서 더 의미 있는 것 같아요."

박 교수가 대답했다.

"우리가 이렇게 서로의 시선을 나누면서, 작품을 더 깊이 이해하게 되니까요."

밤늦도록 우리는 계속해서 기억에 남는 장면들을 이야기했다. 때로는 웃음이 나오고, 때로는 눈시울이 붉어지면서, 우리는 한강의 작품이 우리 각자에게 얼마나 깊은 울림을 주었는지 확인할 수 있었다.

"다음에는 이 장면들을 우리만의 방식으로 재해석해보면 어떨까요?"

누군가가 제안했다.

"시인은 시로, 화가는 그림으로, 음악가는 음악으로……."

모두가 동의했다. 카페를 나서는 길, 밤하늘의 별들이 유난히 밝게 빛나고 있었다. 마치 우리가 나눈 이야기들처럼 반짝이면서.

4
다른 독자들에게 추천하고 싶은 작품

✖

교류회의 마지막 시간, 우리는 한강의 작품을 어떻게 다른 독자들에게 추천할지 이야기하기 시작했다. 밤늦은 카페에서, 각자의 경험을 바탕으로 한 독서 가이드를 만들어가는 시간이었다.

"처음 한강의 작품을 접하는 분들께는 『채식주의자』보다 『소년이 온다』를 먼저 추천하고 싶습니다."

내가 먼저 입을 열었다.

"『채식주의자』는 강렬하고 파격적이라 진입장벽이 있을 수 있지만, 『소년이 온다』는 역사적 사실을 바탕으로 하고 있어서 독자들이 더 쉽게 몰입할 수 있을 것 같아요."

"동의합니다."

역사교사인 강 선생이 말했다.

"저도 학생들에게 5·18을 설명할 때 이 작품을 추천해요. 동호라는 인물을 통해 역사적 사건을 개인의 이야기로 체험할 수 있다는 점이 큰 장점이죠."

"하지만 저는 조금 다른 의견입니다."
정신과 의사인 이준호 선생이 말을 이었다.

"오히려 『채식주의자』가 현대인의 내면 풍경을 가장 잘 보여준다고 생각해요. 특히 20~30대 젊은 층에게 이 작품이 더 강렬한 공감을 불러일으킬 수 있을 것 같아요."

"독자의 성향에 따라 다르게 추천해야 할 것 같아요."
시인 모임의 박 교수가 의견을 냈다.

"문학적 실험을 즐기는 독자라면 『채식주의자』나 『검은 사슴』을, 역사에 관심 있는 독자라면 『소년이 온다』를, 시적인 산문을 좋아하는 독자라면 『흰』을 추천하는 식으로요."

우리는 각자의 경험을 바탕으로 추천 전략을 세워나갔다.

"저는 고등학생 딸에게 『희랍어 시간』을 추천했어요."
법무법인의 이 부장이 말했다.

"새로운 언어를 배우는 것이 단순히 도구를 얻는 게 아니라, 세계를 보는 눈을 넓히는 일이라는 걸 알려주고 싶어서요."

"대학생들에게는 『소년이 온다』가 좋을 것 같아요."
문예창작과 교수인 박지현이 말했다.
"요즘 학생들이 5·18을 너무 멀게만 느끼더라고요. 이 작품을 통해 그들도 우리의 역사를 좀 더 가깝게 느낄 수 있지 않을까요?"

"환자들에게는 『흰』을 추천합니다."
이준호 선생이 말했다.
"특히 상실의 아픔을 겪은 분들에게 이 작품이 주는 위로가 특별하거든요. 삶과 죽음을 바라보는 섬세한 시선이 치유가 되더라고요."

밤이 깊어갔지만, 우리의 추천 목록은 계속 이어졌다.

"예술가들에게는 『검은 사슴』을 추천하고 싶어요."
미술교사인 김선미가 말했다.
"현실과 환상을 넘나드는 이 작품의 실험성이, 창작하는 이들에게 새로운 영감을 줄 수 있을 것 같아서요."

"주부들에게는 『채식주의자』가 좋을 것 같아요."

시인 모임의 이 선생이 말했다.

"가정 내 폭력, 여성의 자기 결정권 같은 문제들을 진지하게 생각해볼 수 있으니까요."

우리는 독자의 연령대, 직업, 관심사에 따라 세분화된 추천 목록을 만들어갔다.

- 10대 후반: 『희랍어 시간』 - 세계를 보는 새로운 눈을 열어주는 작품
- 20대 초반: 『채식주의자』 - 자아와 사회의 갈등을 다루는 작품
- 20대 후반~30대: 『소년이 온다』 - 역사의식을 일깨우는 작품
- 40대 이상: 『흰』 - 삶과 죽음에 대해 사색하게 하는 작품

누군가 칠판에 이렇게 정리했다.

"하지만 이건 너무 도식적인 것 같아요."
박 교수가 말했다.
"문학은 결국 개인의 취향과 경험에 따라 다르게 다가오니까요."

"맞습니다."
내가 말했다.

"그래서 우리가 할 수 있는 건, 각자의 경험을 바탕으로 진심 어린 추천을 하는 것뿐이겠죠. 이 작품이 나에게 어떤 의미였는지, 왜 이 작품을 추천하는지, 그 진정성을 전달하는 것……."

밤은 더욱 깊어갔다. 우리는 계속해서 추천의 방식과 의미에 대해 이야기했다.

"결국 중요한 건 첫 작품을 잘 선택하는 거겠죠."
이준호 선생이 말했다.
"처음 접하는 작품에서 좋은 경험을 하면, 다른 작품들로 자연스럽게 관심이 확장될 테니까요."

카페 밖으로 늦은 밤의 공기가 스며들었다. 우리의 교류회도 끝을 향해 가고 있었다.

"다음에는 우리가 각자 추천한 작품을 읽은 독자들의 반응을 들어보면 어떨까요?"
누군가가 제안했다.

모두가 동의했다. 우리는 각자의 자리에서 일어났다. 두 독서 모임의 첫 교류회는 이렇게 끝나가고 있었지만, 한강의 작품을 통해 나눈 우리의 대화는 여기서 끝나지 않을 것 같았다.

집으로 돌아가는 길, 나는 생각했다. 문학이란 결국 공감과 소통
의 매개체가 아닐까. 우리가 이렇게 서로의 경험을 나누고, 그것을 다시
누군가에게 전하는 과정에서 작품은 더욱 풍성한 의미를 만들어내는 것
이라고.

9장
새로운 독자를 위한 안내

1
한강 작품 어떻게 읽을까

✖

한강의 작품을 처음 접하는 독자들이 가장 많이 묻는 질문 중 하나가 있습니다.

"어떤 작품부터 읽어야 할까요?"

독서 모임을 이끌며 경험한 바로는, 독자의 성향과 관심사에 따라 첫 작품을 다르게 추천하는 것이 좋습니다. 여기, 독자 유형별 맞춤형 가이드를 제시합니다.

1) 문학 입문자를 위한 추천

먼저 '흰'을 추천합니다. 이 작품은 짧은 호흡의 산문들로 구성되어 있어 부담 없이 읽을 수 있습니다. 일상에서 마주치는 '하얀 것들'에 대한 섬세한 관찰과 사색이 담겨 있어, 문학적 감수성을 키우기에 좋습니다.

"처음에는 그저 하얀색에 관한 이야기인 줄 알았어요. 하지만 읽다 보니 제 주변의 모든 하얀 것들이 새롭게 보이기 시작했죠. 아침에 마시는 우유, 창가에 걸린 커튼, 병원 복도의 형광등까지…… 평범한 일상이 문학이 되는 순간이었습니다."

— 직장인 독서 모임 회원 김수진(28세)

2) 사회 문제에 관심 있는 독자를 위한 추천

'채식주의자'를 첫 작품으로 권합니다. 이 작품은 현대 사회의 폭력성과 여성의 자기 결정권 문제를 섬세하게 다룹니다. 특히 20~30대 젊은 독자들에게 강한 공감을 불러일으키는 작품입니다.

"영혜의 선택이 처음에는 이해되지 않았어요. 하지만 읽어가면서 그것이 단순한 채식 선언이 아니라, 우리 사회의 폭력성에 대한 저항이었다는 걸 깨달았습니다. 책을 읽은 후, 일상 속 여러 형태의 폭력들이 새롭게 보이기 시작했어요."

— 대학생 독서 모임 회원 박진우(23세)

3) 역사에 관심 있는 독자를 위한 추천

'소년이 온다'는 5·18 광주민주화운동을 다룬 작품입니다. 역사적 사실을 바탕으로 하면서도, 한 소년의 시선을 통해 사건을 바라봄으로써 더욱 생생한 공감을 이끌어냅니다.

"처음에는 또 하나의 역사 소설일 거라 생각했어요. 하지만 동호라는 인물을 통해 그 시대를 바라보면서, 역사가 단순한 사실의 나열이 아니라 한 사람 한 사람의 구체적인 삶과 연결되어 있다는 것을 깨달았습니다."

— 역사교사 강민수(35세)

4) 문학적 실험을 즐기는 독자를 위한 추천

'검은 사슴'은 현실과 환상을 넘나드는 실험적인 작품입니다. 한강의 초기작으로, 그녀만의 독특한 문체와 상상력을 만날 수 있습니다.

"한강의 실험정신이 가장 잘 드러난 작품이라고 생각해요. 현실과 비현실의 경계를 자유롭게 넘나드는 서사가 매력적입니다. 특히 작가의 시적 감수성이 소설의 형식과 만나는 지점이 인상적이었어요."

— 문예창작과 교수 박지현

5) 상실을 경험한 독자를 위한 추천

'흰'은 상실과 애도의 과정을 섬세하게 다룬 작품입니다. 특히 사랑하는 이를 잃은 경험이 있는 독자들에게 위로가 될 수 있습니다.

"어머니를 잃고 깊은 우울 속에 있을 때, 이 책을 만났어요. 상실의 아픔을 이토록 섬세하게 표현할 수 있다는 것에 놀랐고, 또 위로받았습니다. 책을 읽으며 처음으로 제 슬픔을 마주할 수 있었어요."

— 독자 이미경(45세)

6) 화해와 용서에 대해 생각하고 싶은 독자를 위한 추천

'작별하지 않는다'는 제주 4·3 사건을 배경으로, 서로 다른 입장에서 사건을 바라보는 두 여성의 이야기를 다룹니다. 진정한 화해와 용서의 의미를 생각해볼 수 있는 작품입니다.

"이 작품을 통해 화해란 것이 단순히 과거를 잊는 것이 아니라, 서로의 아픔을 인정하고 함께 걸어가는 것임을 깨달았습니다. 우리 사회에 필요한 것이 바로 이런 태도가 아닐까요?"

— 사회학과 교수 김태형

작품 선택 시 주의할 점

1. 독서 시기와 개인의 상황을 고려하세요.

예를 들어 정서적으로 불안정한 시기에는 '채식주의자'나 '소년이 온다' 같은 무거운 작품보다는 '흰' 같은 작품을 먼저 읽는 것이 좋습니다.

2. 충분한 여유를 가지고 읽으세요.

한강의 작품은 빠르게 읽고 지나가기보다는, 천천히 음미하며 읽는 것이 좋습니다. 특히 첫 작품은 충분한 시간을 두고 읽기를 권합니다.

3. 가능하다면 함께 읽으세요.

독서 모임이나 친구와 함께 읽으면서 의견을 나누면, 작품을 더 깊이 이해할 수 있습니다. 혼자 읽을 때 놓칠 수 있는 새로운 해석과 의미를 발견할 수 있습니다.

4. 자신의 경험과 연결지어 읽으세요.

한강의 작품은 독자 개개인의 경험과 만날 때 더욱 풍성한 의미를 만들어냅니다. 자신의 삶과 연결지어 읽으면서, 작품이 주는 메시지를 자신만의 방식으로 받아들이세요.

5. 한 작품에 머무르지 마세요.

첫 작품에서 받은 인상이 좋지 않더라도, 다른 작품을 시도해보세요. 같은 작가의 작품이라도 각각의 특성이 다르기 때문에, 자신에게 맞는 작품을 찾을 수 있을 것입니다.

이렇게 시작한 한강 읽기는 분명 여러분의 삶을 더욱 풍요롭게 할 것입니다. 처음에는 낯설고 어려울 수 있지만, 한 걸음 한 걸음 나아가다 보면 문학이 주는 특별한 감동과 깨달음을 경험하게 될 것입니다.

2
함께 읽기의 즐거움

✸

이십 년 넘게 직장인 독서 모임을 운영하면서, 한강의 작품들을 함께 읽을 때마다 새로운 발견이 있었습니다. 혼자 읽을 때는 미처 보지 못했던 것들이 다른 이들의 시선을 통해 선명해지는 순간들…… 여기, 한강 작품을 중심으로 한 독서 모임 운영의 노하우를 공유합니다.

1. 독서 모임의 기본 구성

· 인원 구성:

- 적정 인원: 8~12명

- 다양한 직업군 포함 권장

- 세대 간 균형 고려

"우리 모임의 경우, 의사, 교사, 회사원, 예술가 등 다양한 직업의 회원들이 있어 한 작품을 여러 관점에서 바라볼 수 있었어요. 『채식주의자』를 읽을 때는 정신과 의사의 해석이, 『소년이 온다』를 읽을 때는 역사 교사의 관점이 특히 도움이 되었죠."

· 시간과 장소:
- 정기적인 모임 시간 설정 (예: 매월 첫째 주 목요일 저녁)
- 편안한 대화가 가능한 공간 선택
- 2~3시간의 충분한 토론 시간 확보

2. 작품별 독서 모임 운영 방식

■ 『채식주의자』 독서 모임 운영 사례:
- 3회차 분할 읽기 추천
- 1회차: '채식주의자' 편
- 2회차: '몽고반점' 편
- 3회차: '나무불꽃' 편과 전체 토론

"한 번에 읽기보다는 세 파트로 나누어 읽으면서, 각 시점의 변화가 주는 의미를 깊이 있게 토론할 수 있었어요. 특히 영혜를 바라보는 세

가지 시선의 차이를 비교하며 이야기를 나누는 것이 흥미로웠습니다."

■ 『소년이 온다』 독서 모임 운영 사례:
  - 사전 학습 단계 포함
  - 5·18 관련 다큐멘터리 시청
  - 광주 현장 방문 (가능한 경우)
  - 생존자 증언 자료 공유

"역사적 사실에 대한 기본적인 이해가 있어야 작품을 더 깊이 읽을 수 있어요. 우리 모임은 광주를 직접 방문하고 돌아와서 토론했는데, 그때의 깊이가 남달랐죠."

3. 효과적인 토론 진행을 위한 팁

· 사전 준비:
  - 토론 질문 미리 공유
  - 인상 깊은 구절 메모해오기
  - 개인적 경험과 연결점 찾기

· 토론 진행 방식:

- 돌아가며 첫인상 나누기

- 구체적 장면 중심 토론

- 현재적 의미 찾기

■ 예시 질문들:

· 『흰』독서 모임용:

- 당신의 일상에서 발견한 '흰색'은 무엇인가요?

- 이 책에서 가장 인상적인 '하얀 것'은 무엇이었나요?

- 상실과 애도의 경험을 어떻게 표현하고 있나요?

· 『작별하지 않는다』독서 모임용:

- 두 여성의 시선 차이가 의미하는 것은 무엇일까요?

- 진정한 화해란 무엇이라고 생각하나요?

- 이 작품이 현재 우리 사회에 던지는 메시지는 무엇일까요?

4. 독서 모임을 풍성하게 만드는 활동들

· 작품 관련 장소 방문:

- 작품의 배경이 된 장소 탐방

- 현장에서 낭독회 진행

- 사진/영상 기록

· 창작 활동 연계:
- 인상적인 장면 그림으로 표현
- 등장 인물에게 편지 쓰기
- 이어질 이야기 상상해서 쓰기

『흰』을 읽은 후, 각자가 발견한 '하얀 것들'을 사진으로 찍어와서 공유했어요. 서로의 일상에서 발견한 '흰색'을 보면서, 같은 책을 읽고도 이렇게 다양한 해석이 가능하다는 걸 깨달았죠."

5. 자주 발생하는 문제들과 해결방안

· 참여도 차이 해결하기:
- 발언 기회 균등하게 배분
- 소그룹 토론 후 전체 공유
- 서면 의견 제출 병행

· 토론이 잘 안 될 때:
- 구체적인 장면 중심으로 이야기 전환

- 개인적 경험과 연결 짓기

- 현재 이슈와 연관 짓기

6. 특별한 모임 기획하기

· 작가의 다른 작품과 연계 읽기:

- 주제별 작품 묶어 읽기

- 시기별 작품 변화 탐구

- 모티프 추적하기

· 다른 매체와 결합:

- 관련 영화/다큐멘터리 감상

- 음악과 함께 읽기

- 미술 작품과 연결하기

"『소년이 온다』를 읽을 때는 5·18 관련 다큐멘터리를 함께 보았고, 『흰』을 읽을 때는 흰색을 주제로 한 현대미술 전시를 관람했어요. 다른 매체와의 결합이 작품 이해의 깊이를 더해주었죠."

7. 기록의 중요성

· 모임 기록 남기기:
- 토론 내용 정리
- 인상적인 발언 메모
- 다음 모임 준비사항 체크

· 개인 독서 기록:
- 밑줄 긋기
- 감상문 쓰기
- 질문 만들기

"매 모임마다 간단한 회의록을 작성했는데, 나중에 그것들을 모아보니 우리가 얼마나 성장했는지 알 수 있었어요. 처음에는 단순한 감상 나누기에 그쳤다면, 나중에는 더 깊이 있는 토론이 가능해졌더군요."

이러한 독서 모임 운영의 경험은 한강의 작품을 더욱 풍성하게 읽을 수 있게 해주었습니다. 혼자서는 발견하지 못했을 의미들을 함께 찾아가는 과정…… 그것이 바로 독서 모임의 가장 큰 매력이 아닐까요?

모임을 시작하시는 분들께 마지막으로 드리고 싶은 말씀은, 너무 완벽한 운영을 고민하지 말라는 것입니다. 처음부터 모든 것이 잘될 수는 없습니다. 중요한 것은 함께 읽고 이야기를 나누면서 서서히 성장해 가는 과정을 즐기는 것입니다. 그 과정에서 우리는 더 나은 독자가 되어 갈 것입니다.

3
더 깊이 읽기 위한 제안

✘

한강의 작품을 더 깊이 있게 읽기 위한 실전 독서법을 제안합니다. 이십 년간의 독서 모임 운영과 개인적인 독서 경험을 바탕으로, 작품별 구체적인 읽기 방법을 소개합니다.

1. 작품별 깊이 읽기 전략

■ 『채식주의자』 깊이 읽기

· 첫 번째 읽기: 스토리 파악

 - 영혜의 변화 과정 타임라인 작성

 - 주요 사건과 인물 관계도 그리기

 - 인상적인 구절 표시하기

두 번째 읽기: 상징과 은유 탐구

 - 꿈과 현실의 경계 주목하기

 - 식물과 나무의 모티프 찾기

 - 폭력의 다양한 형태 분석

"처음에는 단순히 줄거리를 따라가는 데 급급했는데, 두 번째 읽을 때는 작품 곳곳에 숨겨진 상징들이 보이기 시작했어요. 특히 꿈 장면들을 집중해서 읽으니 새로운 의미들이 발견되었죠."

— 독서 모임 회원 김지영(32세)

■『소년이 온다』깊이 읽기

· 사전 준비

 - 5·18 관련 기본 자료 읽기

 - 역사적 사실과 픽션 구분하기

 - 증언록 참고하기

· 본격적인 읽기

 - 시점 변화에 주목하기

 - 인물별 트라우마 양상 파악

 - 현재와의 연결점 찾기

"각 장의 시점이 바뀔 때마다 노트에 정리를 했어요. 누구의 목소리로 이야기가 전개되는지, 그 시점 선택이 가지는 의미는 무엇인지……이렇게 정리하니 작품의 구조가 더 선명하게 보였습니다."

— 역사교사 강민수(35세)

■ 『흰』 깊이 읽기

· 일상 관찰과 연계

- 하얀 것들의 목록 만들기

- 개인적 경험과 연결하기

- 감각적 표현에 주목하기

· 구조 분석

- 65가지 흰 것들의 연결 방식 파악

- 서술의 리듬과 흐름 느끼기

- 상실과 치유의 순간들 포착

"매일 일상에서 만나는 하얀 것들을 사진으로 찍어보기 시작했어요. 그러다 보니 작가가 왜 이 색에 주목했는지, 그리고 이 색이 가진 의미가 무엇인지 조금씩 이해되기 시작했죠."

— 사진작가 최진영(29세)

2. 효과적인 독서 기록 방법

· 독서 노트 작성법
 - 날짜와 읽은 분량 기록
 - 인상적인 구절 옮겨 적기
 - 떠오른 질문들 메모하기
 - 개인적 경험과 연결점 찾기

· 시각화 도구 활용
 - 마인드맵 그리기
 - 인물 관계도 작성
 - 주요 사건 타임라인 만들기

"처음에는 그냥 읽기만 했는데, 노트 정리를 시작하면서 작품이 더 선명하게 다가왔어요. 특히 인물들의 관계를 그림으로 그려보니, 작품의 구조가 한눈에 들어오더라고요."

3. 심층 분석을 위한 주제별 접근

· 폭력의 형태 탐구

- 물리적 폭력

- 정신적 폭력

- 구조적 폭력

- 일상적 폭력

· 트라우마와 치유

- 개인적 트라우마

- 집단적 트라우마

- 세대 간 전이

- 치유의 가능성

· 여성과 신체

- 신체에 대한 통제

- 자기 결정권

- 저항의 형태

- 해방의 가능성

4. 작품 간 연결 읽기

· 주제별 연결

- 폭력:『채식주의자』→『소년이 온다』

- 상실:『흰』→『작별하지 않는다』

- 저항:『채식주의자』→『검은 사슴』

· 모티프별 연결

- 식물과 나무

- 색채(흰색과 검은색)

- 몸과 육체

- 꿈과 환상

5. 질문을 통한 깊이 읽기

· 텍스트 분석 질문

- 이 장면은 왜 필요한가?

- 이 표현은 무엇을 의미하는가?

- 이 구조는 어떤 효과를 주는가?

· 맥락 연결 질문

- 현재와 어떻게 연결되는가?

- 나의 경험과 어떻게 만나는가?

- 사회적 의미는 무엇인가?

6. 실전 독서 과정 예시

■ 『채식주의자』 읽기 실제 사례
· 1일 차: 첫 번째 부 '채식주의자' 읽기
  - 영혜의 꿈 장면들 표시
  - 가족들의 반응 정리
  - 질문 목록 작성

· 2일 차: 두 번째 부 '몽고반점' 읽기
  - 예술과 폭력의 관계 탐구
  - 신체에 대한 시선 분석
  - 상징적 장면 포착

· 3일 차: 세 번째 부 '나무불꽃' 읽기
  - 전체 구조 파악
  - 반복되는 모티프 찾기
  - 의미 연결하기

7. 독서의 확장

· 관련 자료 탐구
 - 작가 인터뷰 읽기
 - 비평문 참고하기
 - 관련 다큐멘터리 보기

· 창작적 읽기
 - 등장인물 시점에서 일기 쓰기
 - 이어질 이야기 상상하기
 - 다른 매체로 표현하기

이러한 깊이 읽기는 한 번에 이루어지지 않습니다. 천천히, 그러나 꾸준히 작품과 대화하면서 조금씩 더 깊은 층위로 들어가게 될 것입니다. 중요한 것은 자신만의 읽기 방식을 발견하는 것입니다.

또한 이러한 깊이 읽기가 작품을 즐기는 데 방해가 되어서는 안 됩니다. 분석과 감상의 균형을 잘 맞추면서, 문학이 주는 감동과 깨달음을 충분히 느끼시기 바랍니다.

마지막으로, 모든 읽기에는 독자의 삶이 반영된다는 것을 기억하세요. 같은 작품도 읽는 시기와 상황에 따라 다르게 다가올 수 있습니다. 그것이 바로 문학의 매력이자, 한강의 작품이 우리에게 주는 특별한 선물일 것입니다.

한강 작가에게 전하는 편지

어젯밤, '흰'을 다시 읽다가 문득 펜을 들었습니다. 작가님께 전하고 싶은 이야기가 너무 많아서였을까요, 아니면 그동안 가슴 한편에 쌓아두었던 감정들이 더는 참기 어려워서였을까요. 창밖으로 보이는 달빛이 마치 '흰'에 나오는 것처럼 하얗게 빛나고 있었습니다.

'채식주의자'를 만난 건 2007년 겨울이었습니다. 독립서점에서 뒤적이던 다른 책들은 뒷전에 두고 밤이 늦도록 영혜의 이야기에 빠져들었습니다. 그날 밤 저는 세 번이나 책을 덮었다가 다시 폈습니다. 너무 아팠습니다. 영혜의 아픔이, 그리고 그 아픔을 이해하지 못하는 세상이.

'소년이 온다'는 읽는 데 한 달이 걸렸습니다. 한 페이지를 읽고 멈추고, 또 읽고 멈추고. 중간에 두 번은 광주에 다녀왔습니다. 책에 나오는 장소들을 직접 걸어보고 싶어서. 옛 도청 앞에 서서 동호를 생각하며 울었습니다. 돌아오는 기차에서 다시 책을 펼쳤습니다. 이번에는 더 아프게, 더 선명하게 다가왔습니다.

지난봄에는 제주도에 갔습니다. '작별하지 않는다'의 발자취를 따라서. 바닷가에 앉아 책을 읽었습니다. 파도 소리를 들으며 정은과 정윤의 이야기를 다시 만났습니다. 그들의 아픔이 파도처럼 밀려왔다 갔습니다. 그날 저녁, 해가 질 무렵 작은 카페에서 작가님께 편지를 쓰기 시작했습니다.

매번 작가님의 새 책이 나올 때마다, 저는 서점 앞에서 가슴을 쓸어내렸습니다. 이번에는 얼마나 아플까, 얼마나 울게 될까. 하지만 동시에 설렜습니다. 어떤 이야기를 만나게 될까, 어떤 문장에 가슴이 멎을까. 그리고 책을 읽고 나면 늘 더 나은 사람이 된 것 같았습니다. 더 깊이 보고, 더 깊이 느끼게 된 것 같았습니다.

작가님의 문장들은 제 일상 곳곳에 스며들어 있습니다. 출근길 지하철에서 마주치는 낯선 이들의 표정에서 영혜를 발견하고, 봄날 벚꽃 아래서 '소년이 온다'의 은숙을 떠올립니다. 퇴근길 석양이 하필 배롱나무 위로 지면, 또다시 동호를 생각하게 됩니다.

이제 저는 작가님의 새 책을 기다리며 살아가는 사람이 되었습니다. 매일 아침 뉴스를 보며 작가님은 지금 어떤 이야기를 쓰고 계실까 상상합니다. 우리 시대의 아픔을 어떤 문장으로 어루만지실까, 우리의 상처를 어떻게 위로해주실까.

작가님의 문장들이 제 삶을 달라지게 했습니다. 더 깊이 보게 되었고, 더 오래 생각하게 되었고, 더 진실하게 살고 싶어졌습니다. 당신의 글이 제게 용기가 되었습니다.

그리고 부탁드리고 싶습니다. 앞으로도 계속 이야기를 들려주시길. 우리 시대의 아픔을, 당신만이 할 수 있는 방식으로 어루만져주시길. 당신의 문장들이 또 어떤 빛으로 우리를 비춰줄지, 설렘과 기대 속에 기다리고 있습니다.

어제는 오래된 일기장을 펼쳐보았습니다. 그곳에는 작가님의 문장들이 빼곡히 적혀있었습니다. "채식주의자"의 '나는 꿈을 꾸었다'부터 "흰"의 '모든 것이 흰 것이었다'까지. 그 문장들은 마치 저의 성장 일기처럼 느껴졌습니다. 각 문장마다 그때의 제 마음이, 그날의 날씨가, 그 순간의 감정이 고스란히 담겨있었습니다.

가끔은 작가님과 직접 만나 이야기를 나누는 상상을 합니다. 조용한 카페에서 따뜻한 차를 마시며, '소년이 온다'의 동호는 어떻게 태어났는지, '흰'의 하얀 것들은 어떻게 모으셨는지, 글을 쓸 때 가장 힘든 순간은 언제였는지…… 물어보고 싶은 것들이 너무 많습니다.

작가님의 새 작품을 기다리는 시간마저도 특별합니다. 어떤 이야기일까, 어떤 인물들을 만나게 될까, 이번에는 또 어떤 질문들과 마주하게 될까. 그 기다림 자체가 저를 설레게 하고, 성장하게 만듭니다.

마지막으로, 작가님께 깊은 감사를 전하고 싶습니다. 당신의 글이 있어 이 세상이 더 아름답게 보입니다. 더 깊이 이해하게 되었고, 더 따뜻하게 바라볼 수 있게 되었습니다. 앞으로도 오래오래 글을 써주세요. 당신의 문장들이 우리의 삶을 비추는 등불이 되어 주니까요.

그리고 약속드립니다. 당신의 새 작품이 나올 때마다, 저는 첫 문장부터 마지막 문장까지 깊이 읽겠습니다. 그리고 그 이야기들을 마음에 새기며, 더 나은 사람이 되도록 노력하겠습니다. 당신의 글이 가르쳐준 대로, 더 깊이 보고, 더 오래 생각하며 살아가겠습니다.

만남과 이해
한강 문학으로의 초대

초판 1쇄 인쇄 2025년 2월 24일
초판 1쇄 발행 2025년 2월 28일

지은이   이세훈
발행인   최근봉
발행처   도서출판 넥스윜
디자인   강희연

등록번호   제2014-000069호
주소   경기도 고양시 일산동구 장백로 20, 102동 905호
전화   (031) 972-9207
팩스   (031) 972-9808
이메일   cntpchoi@naver.com

ISBN 979-11-88389-60-5 13800

※ 이 도서의 저작권은 도서출판 넥스윜에 있으며 일부 혹은 전체 내용을 무단 복사,
   전재하는 것은 저작권법에 저촉됩니다.
※ 값은 표지 뒷면에 표기되어 있습니다.
※ 잘못된 책은 구입하신 서점에서 바꾸어 드립니다